桃花源文化叢書

# 桃花源志

清·曾昭寅 編

廣陵書社

丁酉仲夏常德市文化旅遊投資開發集團有限公司常德市桃花源文化研究會廣陵書社據光緒二十一年刻本影印

余侯芹塘太守鑒定

# 桃花源志

版藏文明樓

光緒二十一年乙未歲律
中南呂之月求實軒開雕

# 蕉花園合編桃花源志卷首

桃源縣州同銜候選儒學正曾賢鑾

純皇帝御製樂善堂詩

擬桃花源中人送漁郎出源

日長山靜春歸蚤千樹霞綃纈林表無賴東風吹落英沿溪篙引漁郎道晉代銅駝荆棘中秦家宮闕蘼烟草何緣幾日共盤桓翻知多少紛爭擾君有家鄉君自歸來路去路兩杳渺送君還復閉洞天洞裏花香春浩浩



擬漁人復至桃花源不復得路

憶昔入桃源萬古仙家趣桑麻滿平疇緋英纈千樹惜我羈世網未能驂雲霧洞口執手別殷勤頻屬付重來問仙源歷歷想前度雲水兩渺茫欲涉迷故路歸來日已西租吏守門戶烹雞送租吏自愧初心誤

# 蕉花園合編桃花源志卷首

## 敘言

山水之有志實始南北朝及唐蓋出於道流棲眞者之所爲宋明以後踵爲之益多若廬山記赤松山志西湖游覽志並著於世近時南嶽志洞庭湖志嶽麓書院志亦湘沅之善本也桃花源在宋始有龔元玉田孳趙彥綉姚孳至明又有馮子京先後編輯爲集乾隆年間有釋一休著桃源洞天志道光時武陵唐竹谷因而廣之輯桃花源志畧胡君光伯重爲删節



凡十二卷書稱大備予嘗反覆玩味視縣志尤詳焉竊嘆捜采之勤記載之博有功靖節先生者爲最然其於忠君愛國之忱未能極加表揚至所引詩文大抵拘泥避秦亂一語愛作神仙洞府之說以惑世而於誦詩讀書論世知人之旨尚昧昧也予深病之蓋先生當紀綱廢弛之餘苦心孤詣篤於君臣大義不肯屈身異代而託避秦以自明此其心事昭如天日顧乃晦之以渺茫荒唐之說豈善論先生者哉然自來特具隻眼確有見於恥事二姓之意而以王摩詰

劉夢得王介甫蘇長卿以下詩人爲誤會者亦復不少第惜從無有選擇編聯專集行世耳予以爲先生之避隱桃源有禪人心世道而爲名教之大防則爲之志者不但點染山水流連風景徒以娛悅人之耳目已也要在闡發其心志使學者有所式型故先取昭明所撰傳文顏延之誄文及詩品紀事先儒評語列之於前彼善讀者玩索而有得焉則知先生爲晉世家忠義之氣勃發不可遏一洩之於詩章之間而後曉然桃源作記有託而言非故示人以奇異而啟千載之疑團也再繪成圖加之考辨以明桃源實有是地先生實是託隱於斯以避劉宋初非虛空飄緲無何有之鄉可比則修祠建亭世奉其祀者爲不誣矣末復引胡仲仁諸名士題詠皆有關於先生精忠大節者以證唐宋至今諸凡命意措辭之多謬不妨割愛從刪綜計編次成書凡六卷屆浮誇而崇切實亦曰桃花源志葢發聵振聾正告萬世下必如斯立論爲能讀桃花源記者光緒二十年歲次甲午春仲

曾昭寅竹君氏撰

蕉花園合編桃花源志卷首

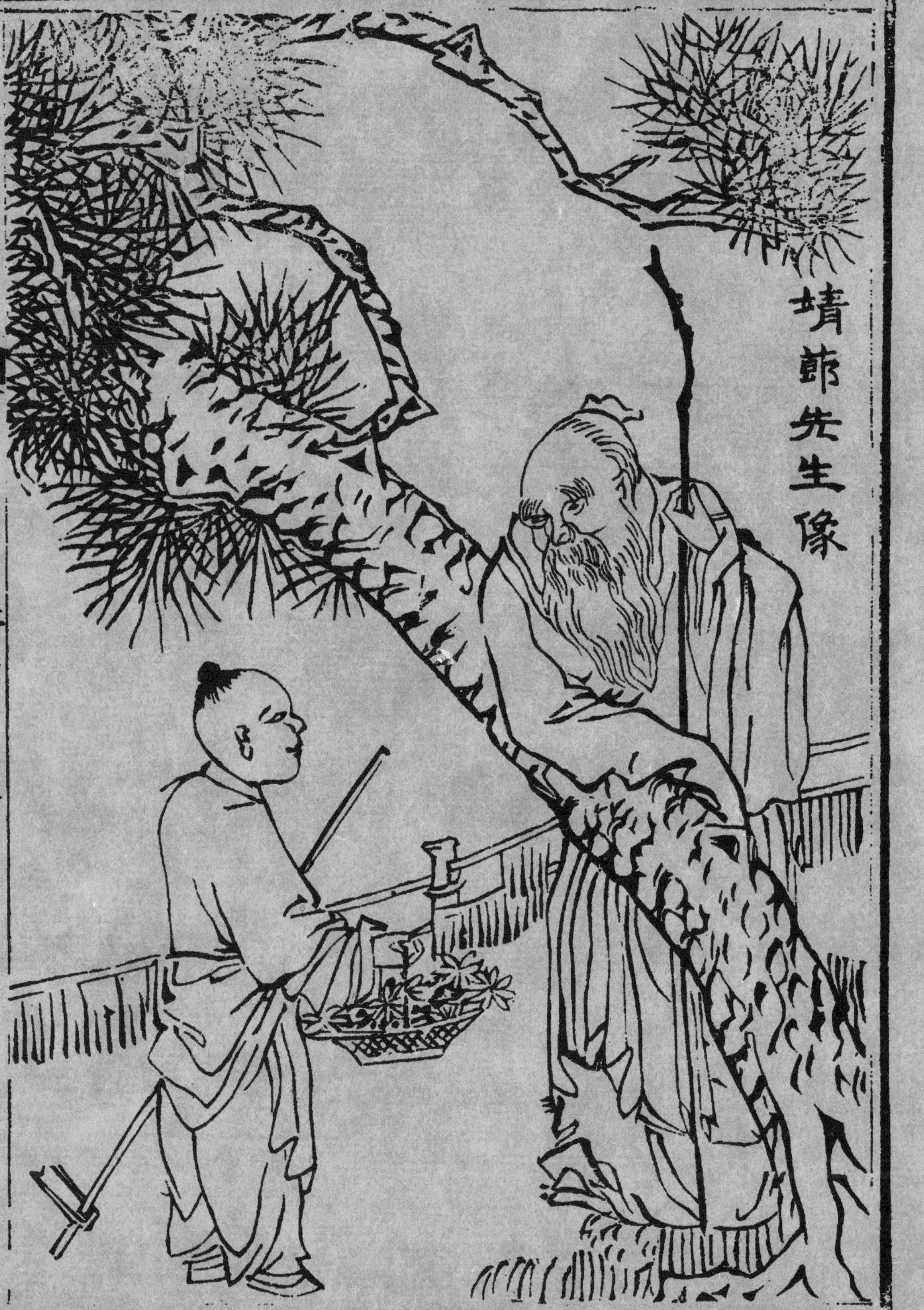




汪琬靖節像贊 琬號堯峰長洲人

金行既衰寄奴嗣起螘鬭蠅營公實增恥欲羣鳥獸無所棲止桃花之源特寓言爾風生北牕菊抽東籬何以悅志拊琴賦詩遺詩百篇淡漠冲夸二蘇而後其孰能和之

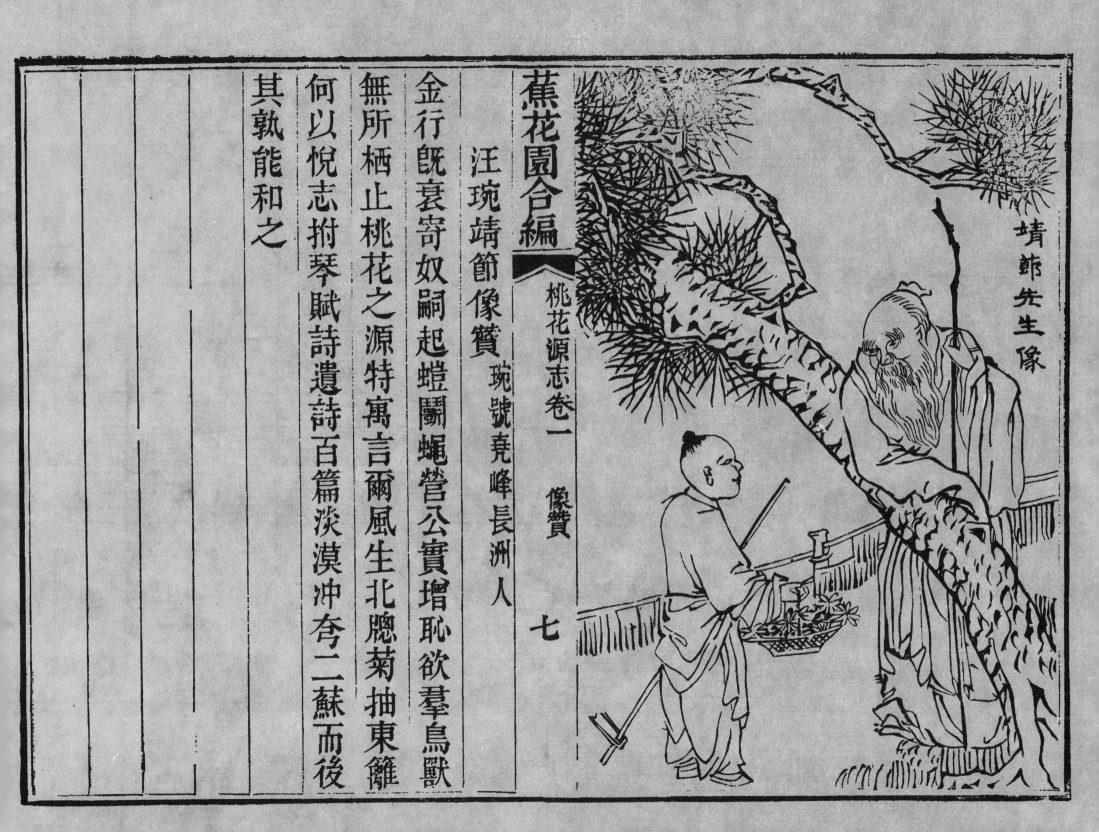

桃源曾昭寅竹君纂

## 傳

### 陶淵明傳

梁昭明太子統撰

陶淵明字元亮（張縯曰梁昭明太子傳稱陶淵明字元亮或云潛字淵明顏延之誄文亦云有晉徵士潯陽陶淵明以統及延之所書則淵明固先生之名非字也年譜云在晉名淵明在宋名潛云亮之字則未嘗易此言得之矣）潯陽柴桑人也曾祖侃晉大司馬淵明少有高趣博學善屬文穎脫不羣任眞自得嘗著五柳傳以自況曰先生不知何許人也亦不詳其姓字宅邊有五柳樹因以爲號焉閒靜少言不慕榮利好讀書不求甚解每有會意欣然忘食性嗜酒而家貧不能恒得親舊知其如此或置酒招之造飲輒盡期在必醉既醉而退曾不悋情去留環堵蕭然不蔽風日短褐穿結簞瓢屢空晏如也嘗著文章自娛頗示己志忘懷得失以此自終時人謂之實錄親老家貧起爲州祭酒不堪吏職少日自解歸州召主簿不就躬耕自資遂抱羸疾江州刺史檀道濟往候之偃臥瘠餒有日矣道濟謂曰賢者處

世天下無道則隱有道則仕今子生文明之世奈何自苦如此對曰潛也何敢望賢志不及也道濟饋以粱肉麾而去之後爲鎮軍建威參軍謂親朋曰聊爲絃歌以爲三徑之資可乎執事者聞之以爲彭澤令不以家累自隨送一力給其子書曰爾朝夕之費自給爲難今遣此力助爾薪水之勞此亦人子也可善遇之公田悉令吏種秫曰吾常得醉於酒足矣妻子固請種秔乃使二頃五十畝種秫五十畝種粳歲終會郡遣督郵至縣吏請曰應束帶見之淵明嘆曰我豈能爲五斗米折腰向鄉里小兒即日解綬去職賦歸去來徵著作郎不就江州刺史王宏欲識之不能致也淵明嘗往廬山宏令淵明故人龐通之齎酒具於半道栗里之間邀之淵明有脚疾使一門生二兒舁籃輿既至欣然便共飲酌俄頃王宏至亦無迕也先是顔延之爲劉抑後軍功曹在潯陽與淵明情款後爲始安郡經過潯陽日造淵明飲焉每往必酣飲至醉宏又邀延之坐彌日不得延之臨去留二萬錢與淵明淵明悉遣送酒家稍就取酒嘗九月九日出

宅邊竹叢中坐久之滿手把菊忽値宏送酒至卽便就酌醉而歸淵明不解音律而蓄無絃琴一張每酒適輒撫弄以寄其意貴賤造之者有酒輒設淵明若先醉便語客我醉欲眠卿可去其率眞如此郡將常候之値其釀熟取頭上葛巾漉酒漉畢復著之時周續之入廬山事釋惠遠彭城劉遺民亦遁迹匡山淵明又不應徵命謂之潯陽三隱後刺史檀韶苦請續之出州與學士祖企謝景夷三人共在城北講禮加以讐校所住公廳近於馬隊是故淵明示其詩云周



生述孔業祖謝響然臻馬隊非講肆校書亦已勤其妻翟氏亦能安勤苦與其同志自以曾祖晉世宰輔恥復屈身後代自宋高祖王業漸隆不復肯仕元嘉四年將復徵命會卒時年六十三世號靖節先生

桃源曾昭寅竹君纂

紀事

詩集節錄

按陶淵明舊居在柴桑縣之柴桑里所謂西廬也即今德化縣地後遇火移居南里之南村一生坎軻最多然戀戀君國雖窮困不改其節葢篤於道者也而憂愁憤懣鬱鬱不得志於時之意舉發之於詩予故按年節取以明先生一片血誠不作欺人之語推而至於桃花源記亦可以見其命意之所在矣

晉孝武帝太元十三年丁亥先生二十三歲家居無所事而桃花源記並詩之作在安帝義熙戊午實託於此年葢以奇蹤隱五百及韓退之以爲六百年計之桃花源事應在是時耳詩見後記中茲不具錄

十九年癸巳先生二十九歲起爲江州祭酒 安帝隆安四年庚子先生三十六歲爲鎮軍參軍有經曲阿詩一首云弱齡寄事外委懷在琴書被褐欣自得

屢空常晏如時來苟寘會宛轡憩通衢投策命晨裝暫與園田疎渺渺孤舟逝綿綿歸思紆我行豈不遠登陟千里餘目倦川塗異心念山澤居望雲慚高鳥臨水愧游魚眞想初在襟誰謂形跡拘聊且憑化遷終返班生廬　是歲五月罷參鎮歸省其母阻風於規林有詩二首錄第一首行行循歸路計日望舊居一欣侍温顏再喜見友于鼓棹路崎曲指景限西隅江山豈不險歸予念前塗凱風負我心戢枻守窮湖高莽眇無界夏木獨森疎誰言客舟遠近瞻百里餘延目識南嶺空嘆將焉如　明年辛丑五月五日偕諸朋儕游斜川有詩一首開歲倏五日吾生行歸休念之動中懷及辰爲茲遊氣和天惟澄班坐依遠流弱湍馳文魴閒谷矯鳴鷗迴澤散游目緬然睇曾邱雖微九重秀顧瞻無匹儔提壺接賓侶引滿更獻酬未知從今去當復如此不中觴縱遙情忘彼千載憂且極今朝樂明日非所求　七月赴假還江陵夜行塗中有詩一首閒居三十載按是時先生年三十七中間除癸巳爲州祭酒乙未距庚子參鎮軍事三十年家居矣遂與塵事冥詩書敦夙好園林無俗

情如何舍此去遥遥至西荆（李善曰時京師在東故謂荆州爲西）叩枻新秋月臨流别友生涼風夕將起夜景湛虛明昭昭天宇闊皛皛川上平懷投不遑寐中宵尚孤征商歌非吾事依依在耦耕投冠旋舊墟不爲好爵縈養眞衡門下庶以善自名

是歲先生居憂越壬寅安帝元興元年桓玄謀逆舉兵犯闕政自已出癸卯稱帝先生服闋寢疾衡門始春有懷古田舍二首（錄第二首）先師有遺訓憂道不憂貧瞻望邈難逮轉欲志長勤秉耒歡時務解顔勸農人平疇交遠風良苗亦懷新雖



未量歲功卽事多所欣耕種有時息行者無問津日入相與歸壺漿勞近鄰長吟掩柴扉聊爲隴畝民

甲辰先生四十歲有連雨獨飲詩一首運生會歸盡終古謂之然世間有松喬於今定何聞故老贈余酒乃言飲得仙試酌百情遠重觴忽忘天天豈去此哉任眞無所先雲鶴有奇翼八表須臾還自我抱茲獨僶俛四十年形骸久已化心在復何言

未幾劉裕誅桓玄劉敬宣以破桓歆功遷建威將軍江州刺史鎭潯陽辟靖節參其軍事從討桓玄餘黨於江陵先

生之初赴軍幕也有榮木詩四首（錄第四首）先師遺訓余豈云墜四十無聞斯不足畏脂我名車策我名驥千里雖遥孰敢不至　明年爲安帝義熙元年已已先生四十一歲三月以建威將軍參政使都經錢溪有詩一首云我不踐斯境歲月好已積晨夕看山川事事悉如昔微雨洗高林清飈矯雲翮眷彼品物存義風都未隔伊余何爲者勉勵從茲役一形似有制素襟不可易園田日夢想安得久離析終懷在歸舟諒哉宜霜柏（趙泉山曰此詩大旨慶遇安帝光復大業不失舊物也）既使建業復



歸潯陽有還舊居詩一首疇昔家上京六載去還歸（自庚子至乙已故云六載）今日始復來惻愴多所悲阡陌不移舊邑屋或時非履歷周故居鄰老罕復遺步步尋往迹有處特依依流幻百年中寒暑日相推常恐大化盡氣力不及衰撥置且莫念一觴聊可揮　先生既歸耕植不給謂親朋曰聊爲絃歌以爲三徑之資可乎執事者聞之八月起爲彭澤令居官八十餘日賦歸去來辭又有歸田園居詩六首（錄第一首三首四首）少無適俗韻性本愛邱山誤落塵網中一去三十年（年譜太元癸巳公仕

爲州祭酒至義熙乙巳纔歲星一周不應三十年當作一去十三年羈鳥戀舊林池魚思故淵開荒南野際守拙歸園田方宅十餘畝草屋八九間榆柳蔭後簷桃李羅堂前曖曖遠人村依依墟里煙狗吠深巷中雞鳴桑樹巔戶庭無塵雜虛室有餘閒久在樊籠裏復得返自然　種豆南山下草盛豆苗稀晨興理荒穢此卽楊惲田彼南山蕪草不治之意暗指劉裕而言帶月荷鋤歸道狹草木長夕露沾我衣衣沾不足惜但使願無違　久去山澤游浪莽林野娛試攜子姪輩披榛步荒墟徘徊邱隴間依依昔人居井竈有遺處



桑竹殘朽株借問採薪者此人將焉如薪者向我言死沒無復餘一世異朝市此語眞不虛人生似幻化終當歸空無　居明年丙午有勸農詩六首　戊申六月遇火有詩一首草廬寄窮巷甘以辭華軒正夏長風急林室頓燒燔一宅無遺宇舫舟蔭門前迢迢新秋夕亭亭月將圓果菜始復生驚鳥尚未還中宵竚遙念一盻周九天總髮抱孤介奄出四十年先生時年四十二歲是已出四十年也形迹憑化往靈府長獨閒貞剛自有質玉石乃非堅仰想東戶時餘糧宿中田鼓腹無所

思朝起暮歸眠既已不遇茲且遂灌西園　已酉見
劉裕篡奪勢成撫時感事有時運詩四首錄第三首四首延
目中流悠悠清沂童冠齊業閒詠以歸我愛其靜寤
寐交輝但恨殊世邈不可追　斯晨斯夕言息其廬
花藥分列林竹翳如清琴橫牀濁酒半壺黃唐莫逮
慨獨在余　九月九日有詩一首又自以世途多舛
怡然退守　作歸鳥詩四首以自明錄第三首四首翼翼歸鳥
馴林徘徊豈思天路欣及舊棲雖無昔侶眾聲每諧
日夕氣清悠然其懷　翼翼歸鳥戢羽寒條遊不曠



林宿則森標晨風清興好音時交矰繳奚施已卷安
勞　庚戌移居南村有詩二首昔欲居南村非爲卜
其宅聞多素心人樂與數晨夕懷此頗有年今日從
茲役敝廬何必廣取足蔽牀席鄰曲時時來抗言談
在昔奇文共欣賞疑義相與析　春秋多佳日登高
賦新詩過門更相呼有酒斟酌之農務各自歸閒暇
輒相思相思則披衣言笑無厭時此理將不勝無爲
忽去茲衣食當須紀力耕不吾欺　九月中於西田
穫早稻西田即西廬之新疇也有詩一首人生歸有

道衣食固其端孰是都不營而以求自安開春理常業歲功聊可觀晨出肆微勤日入負耒還山中饒霜露風氣亦先寒田家豈不苦弗獲辭此難四體誠乃疲庶無異患干盥濯息簷下斗酒散襟顏遙遙沮溺心千載乃相關但願長如此躬耕非所歎　壬子先生四十八歲有答龐參軍一首相知何必舊傾蓋定前言有客賞我趣每每顧林園談諧無俗調所說聖人篇或有數斗酒閒飲自歡然我實幽居士無復東西緣物新人惟舊弱毫多所宣情通萬里外形跡滯江山君其愛體素來會在何年　癸丑有與子儼等疏　義熙十年甲寅先生五十歲有擬古詩九首（錄第八首）少時壯且厲撫劍獨行遊誰言行遊近張掖至幽州飢食首陽薇渴飲易水流不見相知人惟見古時邱路邊兩高墳伯牙與莊周此士難再得吾行欲何求（東澗曰首陽易水亦寓憤世之意）　又有雜詩十二首（錄第六首七首）昔聞長者言掩耳每不喜奈何五十年忽以親此事求我盛年歡一毫無復意去去轉欲遠此生豈再值傾家時作樂意此歲月駛有子不留金何用身後置　日

月不肯遲四時相催迫寒風拂枯條落葉掩長陌弱質與運頽元鬢早已白素標插人頭前途漸就窄家爲逆旅舍我如當去客去去欲何之南山有舊宅

又楚調一首天道幽且遠鬼神茫昧然結髮念善事僶俛六九年一作五十弱冠逢世阻始室喪其偏災火屢焚如螟蜮恣中田風雨縱橫至收歛不盈廛夏日長抱飢寒夜無被眠造夕思鷄鳴及晨願烏遷在已何怨天離憂悽目前吁嗟身後名於我若浮煙慷慨獨悲歌鍾期信爲賢義熙十四年劉裕弑安帝於東堂立瑯邪王是爲恭帝此詩作於是



年憂愁百端說不出而託言知音之不可得也

丙辰八月於下潠田舍穫有詩一首貧居依稼穡戮力東林隈不言春作苦常恐負所懷司田眷有秋寄聲與我諧飢者歡初飽束帶候鳴雞揚檝越平湖汎隨清壑迴鬱鬱荒山裏猨聲閒且哀悲風愛靜夜林鳥喜晨開曰余作此來三四火星頽姿年逝已老其事未云乖遙謝荷篠翁聊得從君栖碧湖雜記曰五臣注文選謂陶淵明詩自晉義熙以後皆題甲子後世因仍其說獨治平中虎邱僧思悅編淵明詩辨其不然其說曰淵明之詩題甲子者始庚子迄丙辰凡十七年皆晉安帝時所作至晉恭帝元熙二年庚申歲宋始受禪自庚子至庚申葢二十年豈有宋未受禪前二十年恥事二

姓而題甲子之理會袁父艇齋詩話亦信其說然以余考之元熙二年桓元篡位晉氏不斷如線得劉裕而始平改元義熙自此天下大權盡歸劉裕淵明賦歸來辭實義熙元年也至十四年劉公爲相國恭帝卽位改元元熙至二年庚申禪於宋則劉氏自庚子得政至庚申革命凡二十年淵明自庚子後題甲子者葢逆知末流必至於此忠之至義之盡也袁父思悅殆不足以知之　丁巳贈羊長史詩一首愚生三季後慨然念黃虞得知千載外正賴古人書賢聖留餘跡事事在中都豈忘游心目關河不可踰九域甫已一謂宋公裕始平下燕秦也逝將理舟輿聞君當先邁負痾不獲俱路若經商山爲我少躊躇多謝綺與甪精爽今何如紫芝誰復採深谷久應蕪駟馬



無貰患貧賤有交娛清謠結心曲人乖運見疎擁懷累作下言盡意不舒　戊午詔除著作郎時劉裕王業已隆不就有桃花源記詩一首見後又有飲酒詩二十首錄第二首五首十九首二十首積善云有報夷齊在西山善惡苟不應何事空立言九十行帶索飢寒況當年不賴固窮節百世當誰傳　結廬在人間而無車馬喧問君何能爾心遠地自偏採菊東籬下悠然見南山山氣日夕佳飛鳥相與還此中有眞意欲辨已忘言張成「九日」此卽淵明畎畝不忘君之意　疇昔苦長飢投耒去學仕將養不

得節凍餒固纏已是時向立年志意多所恥遂盡介然紛終死歸田里冉冉景氣流亭亭復一紀世路廓悠悠缺字所以止雖無揮金事濁酒聊可恃按彭澤之歸在義熙元年乙巳此復云一紀則賦此飲酒當是義熙十二三年間爾義農去我久舉世少復眞汲汲魯中叟彌縫使其淳鳳鳥雖不至禮樂暫得新洙泗輟微響漂流逮狂秦詩書復何罪一朝成灰塵區區諸老翁爲事誠殷勤如何絕世下六籍無一親終日馳車走不見所問津若復不快飲空負頭上巾但恨多謬誤君當恕醉人

已未恭帝元熙



元年先生五十七歲王弘爲江州刺史自造不得見有歲暮和張常侍詩一首市朝悽舊人驟驥感悲泉明旦非今日歲暮余何言素顏斂光潤白髮一已繁闊哉秦穆談旅力豈未衰向夕長風起寒雲沒西山厲厲氣遂嚴紛紛飛鳥還民生鮮常在矧伊愁苦纏屢闕清酤至無以樂當年窮通靡攸慮顦顇由化遷撫已有深懷履運增慨然

庚申二年晉恭帝禪位於宋因讀史有感述九章錄第一章夷齊二子讓國相將海隅天人革命絕景窮居采薇高歌慨想黃虞貞風淩

俗爰感懦夫箕子二章去鄉之感猶有遲遲矧伊代謝觸物皆非哀哀箕子云胡能夷狡童之歌悽矣其悲八章魯二儒易代隨時迷戀則愚介介若人特爲貞夫德不百年汙我詩書逝然不顧被褐幽居又詠二疏一首又詠三良一首又詠荊軻一首燕丹善養士志在報强嬴招集百夫良歲暮得荊卿君子死知已提劍出燕京素驥鳴廣陌慷慨送我行雄髮指危冠猛氣充長纓飲餞易水上四座列羣英漸離擊悲筑宋意唱高聲蕭蕭哀風起淡淡寒波生商音更流涕羽



奏壯士驚心知去不歸且有後世名登車何時顧飛蓋入秦庭凌厲越萬里逶迤過千城圖窮事自至豪主正怔營惜哉劍術疎奇功遂不成其人雖已沒千載有餘情東澗曰二疏取其歸三良與主同死荊卿爲主報仇皆託古以自見云朱文公曰淵明詩人皆說平淡看他自豪放得來不覺其露出本相者是詠荊軻一篇平淡底人如何說得這樣言語出來又述酒一首重離照南陸鳴鳥聲相聞秋草雖未黃融風久已分素礫皛修渚南嶽無餘雲豫章抗高門重華固靈墳流淚抱中歎傾耳聽司晨神州獻嘉粟西靈爲我馴諸梁董師旅羊勝喪其身黃山谷曰羊勝當是

芊勝白公也沈諸梁殺白公勝山陽歸下國魏降漢獻帝爲山陽公成名猶不勤卜生善斯牧安樂不爲君平王從韓子蒼本舊作生去舊京峽中納遺藁雙陵甫云育三趾顯奇文王子愛淸吹日中翔河汾朱公練九齒閒居離世紛峩峩西嶺內偃息常所親天容自永固彭殤非等倫湯東澗曰按晉元熙二年六月劉裕廢恭帝爲零陵王明年以毒酒一罌授張偉使酖王偉自飲而死繼又令兵入垣踰垣進藥王不肯飲遂掩殺之此詩所爲作故以述酒名篇詩辭盡隱語故觀者弗省獨韓子蒼以山陽下國疑是義熙後有感而賦予反覆詳考而後知决爲零陵王哀辭也

又詠貧士詩七首

萬族各有託孤雲獨無依曖曖空中滅何時見餘暉朝霞開宿霧衆鳥相與飛遲遲出林翮未夕復來歸量力守故轍豈不寒與飢知音苟不存已知何所悲東澗曰舉世皆依乘風雲而上已獨無攀援飛翻之志甯忍飢寒以守志節

淒厲歲云暮擁褐曝前軒南圃無遺秀指晉祚已絕枯條盈北園傾壺絕餘瀝闚竈不見煙詩書塞座外日昃不遑研閒居非陳厄竊有慍見言七國之憾獨形於言何以慰古懷賴吾多此賢

宋武帝永初二年辛酉於王撫軍送客一首

秋日淒且厲百卉俱已腓爰以履霜節登高餞將歸寒氣冒山澤游雲倐無依亦卽貧士詩首章之意洲渚思緬邈風水

互乖違瞻夕欲良讌離言聿云悲晨鳥暮來還懸車歛餘輝逝止判殊路旋駕悵遲遲目送回舟遠情隨萬化遺

又示周續之祖企謝景夷三郎詩一首

負痾頹簷下終日無一欣藥石有時閒念我意中人相去不尋常道路邈何因周生述孔業祖謝響然臻道喪向千載今朝復斯聞馬隊非講肆校書亦已勤老夫有所愛思與爾爲鄰願言誨諸子從我潁水濱

丁卯先生六十三歲有自祭一首

擬挽歌辭三首

有生必有死早終非命促昨暮同爲人今旦在鬼錄魂氣散何之枯形寄空木嬌兒索父啼良友撫我哭得失不復知是非安能覺千秋萬歲後誰知榮與辱但恨在世時飲酒不得足

在昔無酒飲今旦湛空觴春醪生浮蟻何時更能嘗殽案盈我前親舊哭我傍欲語口無音欲視眼無光昔在高堂寢今宿荒草鄉一朝出門去歸來夜未央

荒草何茫茫白楊亦蕭蕭嚴霜九月中送我出遠郊四面無人居高墳正嶕嶢馬爲仰天鳴林風自蕭條幽室一已閉千年不復朝千年不復朝賢達無奈何向來相送人各自還

其家（叶韻）親戚或餘悲他人亦已歌死去何所道託體同山阿（邢寬曰考次靖節詩文乃絕筆於祭挽三篇蓋出於屬纊之際者情辭俱達尤爲精麗其於晝夜之道了然如此古之聖賢惟孔子曾子能之見於曳杖之歌易簀之言嗟哉斯人沒七百年未聞有稱贊及此者因表而出之附卷末）

愚按庚申晉恭帝禪位以後至丁卯先生易簀時計八年中間所賦詩如擬古雜詩二疏三良荊軻貧士等篇率多悼國傷時感諷之語今皆節錄之其他無與此意者全集具在讀者自見勿病予之多漏也





張溥題陶彭澤集

古來詠陶之作惟顏清臣稱最相知謂其公相子孫北窻高臥永初以後題詩甲子（以永初後題甲子者蓋誤）志猶張良思報韓龔勝恥事新也思深哉非清臣孰能爲此言乎吳幼清亦云元亮述酒荊軻等作欲爲漢相孔明而無其資嗚呼此亦知陶者其遭時何相似也君相大義蒙難愈明仕則爲清臣不仕則爲元亮舍此則華歆傅亮攘袂勸進三尺童子咸羞稱之此昔人所以高楊鐵崖而卑許平仲也感士類子長之倜儻

閒情同宋玉之好色告子似康成之誡書自祭若右軍之誓墓孝贊補經傳記近史陶文雅兼衆體豈獨以詩絕哉眞西山云淵明之作宜自爲一編附三百篇楚辭之後爲詩根本準則是最得之莫謂宋人無知詩者也

顏延之靖節徵士誄

夫璿玉致美不爲池隍之寶桂椒信芳而非園林之實豈其樂深而好遠哉蓋云殊性而已故無足而至者物之藉也隱踵而立者人之薄也若乃巢繇之抗行夷齊之峻節故已老父堯禹錙銖周漢而緜寢世



遠光靈不屬至死菁華隱沒荒流歇絕不亦惜乎雖今之作者人自爲量而道路同塵輟塗殊軌者多矣豈所以昭末景泛餘波乎有晉徵士潯陽淵明南岳之幽居者也弱不好弄長實素心學非稱師文期指達在衆不失其寡處言每見其默少而貧苦居無僕妾井臼弗任藜菽不給母老子幼就養勤匱遠惟田生致親之議追悟毛子捧檄之懷初辭州府三命後爲彭澤令道不偶物棄官從好遂乃解體世紛結志

區外定跡深棲於是乎遠（按此蓋指避隱桃花源而言）灌畦鬻蔬爲供魚菽之祭織絇緯蕭以充糧粒之費心好異書性樂酒德簡棄煩促就成省曠殆所謂國爵屏貴家人忘貧者歟有詔徵著作郎稱疾不赴春秋六十有三元嘉四年月日卒於潯陽縣之某里近識悲悼遠士傷情冥默福應嗚呼淑貞夫實以誄華名謚高苟無德義貴賤何算焉若其寬樂令終之美好廉克已之操有合謚典無愆前志詢諸友好宜謚曰靖節徵士其詞曰



物尚孤生人固介立豈伊時遘曷云世及嗟乎若士望古遙集韜此洪族蔑彼名級睦親之行（去聲）至自非敦然諾之信重於布言廉深簡潔貞夷粹溫和而能峻博而不繁依世尚同詭時則異有一於此而兩默置豈若夫子因心違事畏榮好古薄身厚志世霸虛禮州壤推風孝惟義養道必懷邦人之秉彝不隘不恭爵同下士祿等上農度量難鈞進退可限長卿棄官稚賓自免子之悟之何悟之辯賦辭歸來高蹈獨善亦既超曠無適非心汲流舊巘葺宇家林晨煙暮

靄春煦秋陰陳書綴卷置酒紘琴將備勤儉躬兼貧病人否其憂子然其命隱約就閑遷延辭聘非直也明是惟道性糾纏幹流寘漠報施孰云與仁實疑明智謂天葢高胡僭斯義履信曷憑思順何寘年在中身疢病痁疾視化如歸臨凶若吉藥劑弗嘗禱祠非恤傃幽告終懷和長畢嗚呼哀哉敬述淸節式遵遺占存不願豐沒無求贍省訃郤賻輕哀薄斂遭壞以穿旋葬而窆嗚呼哀哉澤心追往逺情逐化自爾介居及我多暇伊好之洽接閻隣舍宵盤晝憩非舟非



駕念昔晏私舉觴相誨獨正者危至方則礙哲人卷舒布在前載取鑑不逺吾規子佩爾實愀然中言而發遺衆速尤迕風先蹶身才非實榮聲有歇徽音永矣誰箴余闕嗚呼哀哉仁焉而終智焉而斃黔婁既沒展禽亦逝其在先生同塵往世旌此靖節加彼康惠嗚呼哀哉

# 蕉花園合編桃花源志卷三

## 總論

梁昭明曰淵明獨超衆類莫之與京横素波而旁流干青雲而直上語時事則指而可想論懷抱則曠而且眞自非大賢篤志與道汙隆孰能如此乎

劉後村曰士之生世鮮不以榮辱得喪撓敗其天眞者淵明一生惟在彭澤八十餘日涉世故餘皆高枕北牕之日無榮惡乎辱無得惡乎喪此其所以爲絶唱而寡和也



蘇子瞻曰孔子不取微生高孟子不取於陵仲子惡其不情也淵明欲仕則仕不以求之爲嫌欲隱則隱不以去之爲高古今賢之貴其眞也

朱子曰陶淵明有高志遠識不能俯仰時俗故作歸去來詞以見志抑以其自謂晉臣恥事二姓自劉裕將移晉祚遂不復仕則其意亦不爲不非矣然其詞

藉漢滅秦滅項以攄其憤然後棄人間事導引辟穀託意寓言將與古之形解銷化者相期於八紘九垓之外使千載之下聞其風者想像嘆息不知其心胸面目爲何如人其志可謂壯哉陶元亮自以晉時宰輔子孫恥復屈身後代自劉裕篡奪勢成遂不肯仕雖其功名事業不少概見而其高情逸想播於聲詩者後世能言之士皆自以莫能及也葢古之君子其於天命民彝君臣父子大倫大法之所在惓惓如是是以大者旣立而後節槪之高語言之妙乃有可得



而言者如其不然則紀逡唐林之節非不苦王維儲光羲之詩非不翛然清遠也然一失身於新莽祿山之朝則其平生之所辛勤而僅得以傳世者適足爲後世嗤笑之資耳

鶴山魏氏曰世之辨證陶氏者曰前後名字之互變也死生歲月之不同也彭澤退休之年文與集所載之各異也然是所當考而非其要也其稱美陶公者曰榮利不足以易其守也聲味不足以累其眞也文詞不足以溺其志也然是亦近之而公之所以悠然

自得之趣則未之深識也風雅以降詩人之詞樂而不淫哀而不傷以物觀物而不牽於物吟咏性情而不累於情孰有能於公者乎有謝康樂之忠而勇退過之有阮嗣宗之達而不至於放有元次山之漫而不著其迹此豈小小進退所能窺其際耶先儒所謂經道之餘因閒觀時因靜照物因時起志因物寓言因志發咏因言成詩因咏成聲因詩成音者陶公有焉

臨川吳氏曰靖節先生高志逺識超越古今而設施不少慨見其令彭宅也不過一時牧伯辟舉拔擢俾



得公田之利以自養如古人不得已而爲祿者爾非受天子命而仕也曾幾何時不肯屈於督郵而去充此志節異時距肯恥於二姓哉觀述酒荊軻等作殆欲爲漢相孔明之事而無其資責子有詩與子有疏志趣之同苦樂之安一家父子夫婦又如此夫人道三綱爲首先生一身而三綱舉無愧焉忘言於眞意委運於大化則幾於同道矣誰謂漢魏以降而有斯人者乎

又曰楚三閭大夫竭其忠志欲強宗國懷王信讒疏

之國事日非竟客死於秦襄王又信讒放之江南原不忍見宗國駸駸趨於亡遂沈江而死韓爲秦所滅韓臣之子子房自以五世相韓韓散財結客爲韓報讐博浪之椎不中則匿身下邳以俟時山東兵起從沛公入關立韓公子成續韓後秦亡而楚霸王沛公於漢又殺韓成良乃輔漢滅楚而後隱去諸葛孔明初見昭烈已知賊之必亡漢而勸昭烈跨有荆益圖霸業復帝室後卒償其所言晉陶淵明自其曾祖長沙桓公爲晉忠臣及桓玄篡逆劉裕起自布衣誅玄又滅秦滅燕挾震主之威晉祚將移既無昭烈可輔以興又無高皇可倚以報復志願莫伸其憤悶之情往往發見於詩蓋四賢者其遇時不同其爲人不同而君臣之義重則其心一也

陸象山曰李白杜甫陶淵明皆有志於吾道

黃徹碧溪詩話曰淵明心乎忠愛非謂枯槁其所以感嘆世事推遷者蓋傷時人之急於聲利也非謂亂離其所以愁憤於干戈盜賊者蓋以王室元元爲懷耳後士何以識之

眞西山曰淵明雖遺榮辱一得喪眞有曠達之風觀其詩辭亦悲涼感慨非無意世事者或者徒知義熙以後不著年號爲恥事二姓之驗而不知其惓惓王室盡有乃祖長沙公之心獨以力不得爲故肥遯以自絕食薇飲水之言銜木塡海之喻至深痛切顧讀者弗之察耳淵明之志若是又豈毀彝倫而外名教者所可同日語乎

湯漢曰陶公詩精深高妙測之愈遠不可漫觀也不事異代之節與子房五世相韓之義同既不爲狙擊



震動之舉又時無漢祖者可託以行其志故每寄情於首陽易水之間又以荆軻繼三良而發詠三良取與主同死荆軻取爲主報讐皆託古以自見所謂撫古有深懷履運增慨然者亦可以深悲其志也已

吳崧曰淵明非隱逸流也其忠君愛國憂愁感憤不能自已間發於詩而詞句溫厚和平不激不隨深得三百篇遺意或觸目興懷或因時致慨或寓言或正寫或全首寄託或片言感發其一段無可如何心事但託之於飲酒躬耕聊以自遣耳

又曰桃花源嬴氏亂天紀賢者避其世與結語對照淵明平生盡此二語矣

程崟曰榮木詩有孔席不暇煖之意蓋其初赴建威幕時作也陶公具聖賢經濟學問豈放達飲酒人所能窺測讀山海經詩其十結二句顯然易代之悲無復艮辰可待設心艮苦矣陶公一生心事畢露於此可想見讀經本懷

劉坦之曰凡靖節退休之後類多悼國傷時託諷之詞然不欲顯斥故以擬古雜詩名其篇靖節見幾而



作自建威參軍卽求彭澤令未幾賦歸及晉宋易代之後終身不仕在朝諸親舊或有勸之仕者擬古第一首或作之以寄意歟

葛立方曰淵明讀史九章其間皆有深意其尤章章者如夷齊箕子魯二儒三篇由是觀之則淵明委身窮巷甘黔婁之貧而不自悔者此豈非以恥事二姓而然耶

吳仁傑曰葉少蘊云桓玄劉裕之際淵明皆或從仕世多以爲疑此非知淵明之深者淵明知自足以全

節而不傷生故廹之仕則仕不以輕犯其鋒棄之歸則歸不以終屈其已豈區區一節之士可以窺其間哉自去彭宅劉裕大業已成遂不復出則淵明可以終辭矣仁傑按先生當元興二年服闋閒居十二月桓玄簒晉先生有與從弟敬遠詩云寢跡衡門下邈與世相絕又飲酒詩稱夷齊在西山且當從黃綺皆有激而云至義熙十三年有贈羊長史詩云路若經商山爲我少躊躇多謝綺與甪精爽今何如與飲酒且當從黃綺同意當桓劉之世先生不出如避秦也



且平日所作詩文卒無一字稱之詳味先生出處大節當桓靈寶僭竊位號與劉氏剏業之初未嘗一日出仕而眷眷本朝之意自見於詩文者多矣

黃文煥曰鍾嶸評陶詩爲隱逸之宗以隱逸蔽陶陶不得見也析之以憂時念亂思扶晉室思抗晉禪經濟熱腸語藏本末湧若海立屹若劍飛斯陶公之心膽出矣若夫理學標宗聖賢自任重華孔子耿耿不忘六籍無親悠悠生嘆漢魏諸詩誰及此解斯則靖節之品位竟當俎豆於孔廡之間彌久而彌高者也

鍾秀曰知有身而不知有世者僻隱之流也其樂也隘知有我而不知有物者孤隱之流也其樂也淺惟陶公則全一身之樂未嘗忘一世之憂如飲酒第二十是也晉人放達非莊卽老獨元亮抗志大聖寄慨碩儒於天命民彛之大世道人心之變未嘗漠然於懷其所以快飲者亦不得已之極思耳沈德潛云彌縫二字道盡孔子一生心思爲事誠殷勤五字道盡漢儒訓詁晉人詩曠達者引徵莊老縶縛者引徵班楊而陶公專用論語漢人以下宋儒以前可推聖門弟子者淵明也蓋於異端猖狂之時獨以六籍無一親爲憂而惓惓於道統之絕續非眞豪傑不能有晉一代知尊孔子者元亮一人而已此豈孤僻一流人所能望其項背者哉



御批通鑑

漢末猶多殉義之士至魏漸已寥寥晉則當朝僅一徐廣在野僅一陶潛蓋自篡竊相仍人不復知忠節綱目於潛卒特書晉士以見完節於是時爲尤難而寡廉鮮恥■不爲怪亦可以觀世變矣

# 桃花源圖




光緒二十一年歲次乙未
律中南呂之月游雯軒繪

蕉花園合編

桃花源志卷三　圖

三十六

桃花林桃花源圖

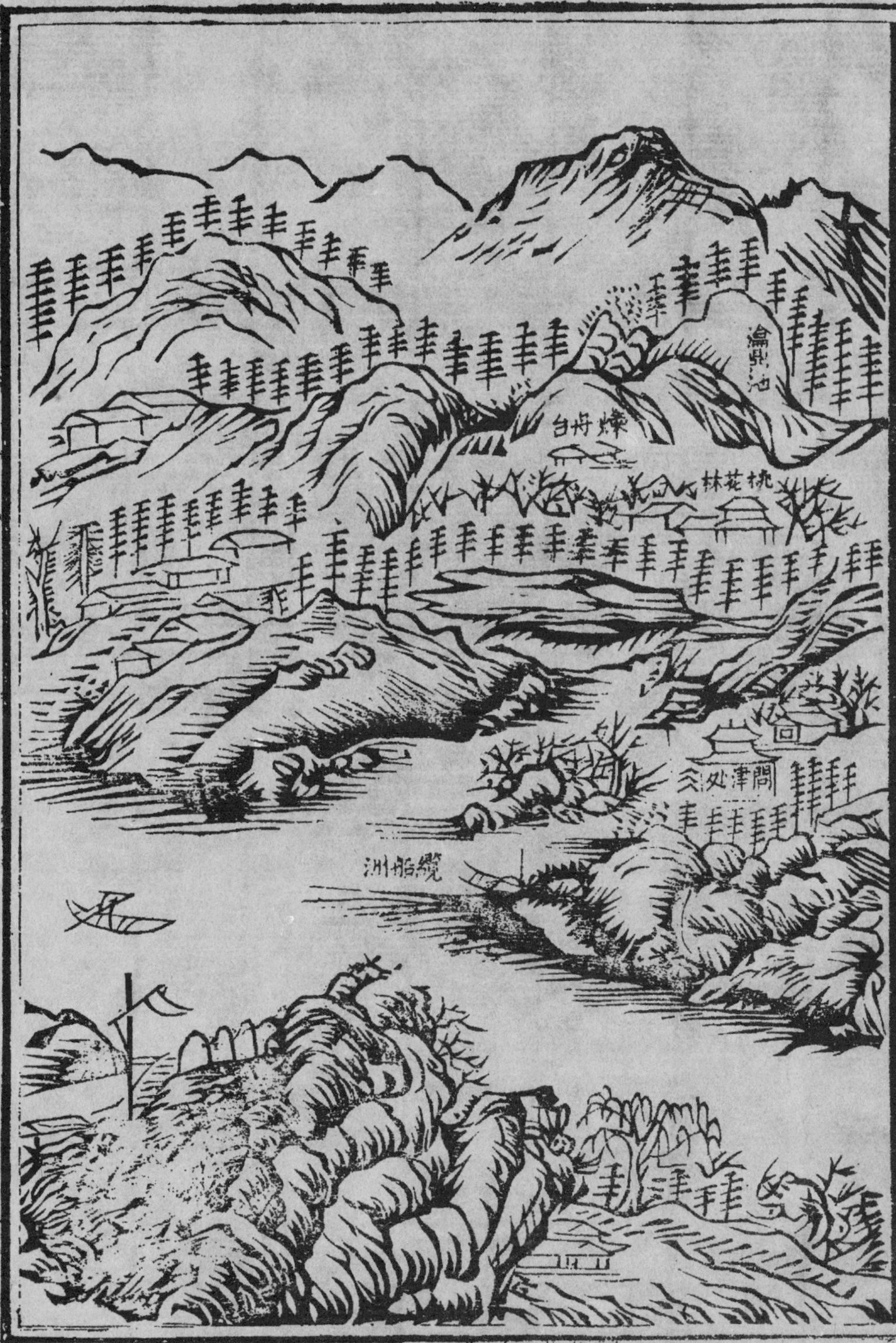
桃花林
問津処
纜船洲



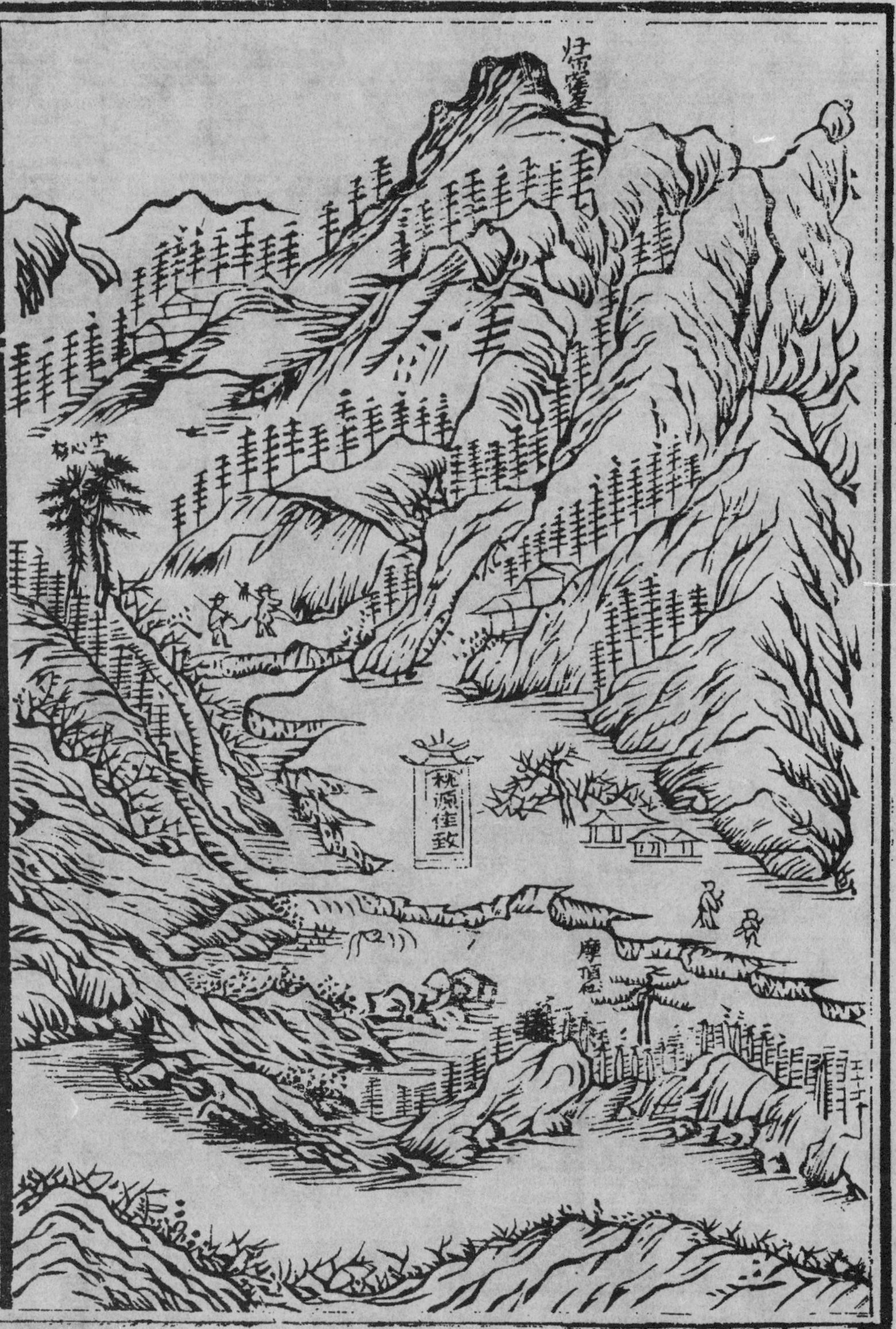
桃源佳致

壁雲山
白馬雪濤

涤溪

桃花源志卷三　圖

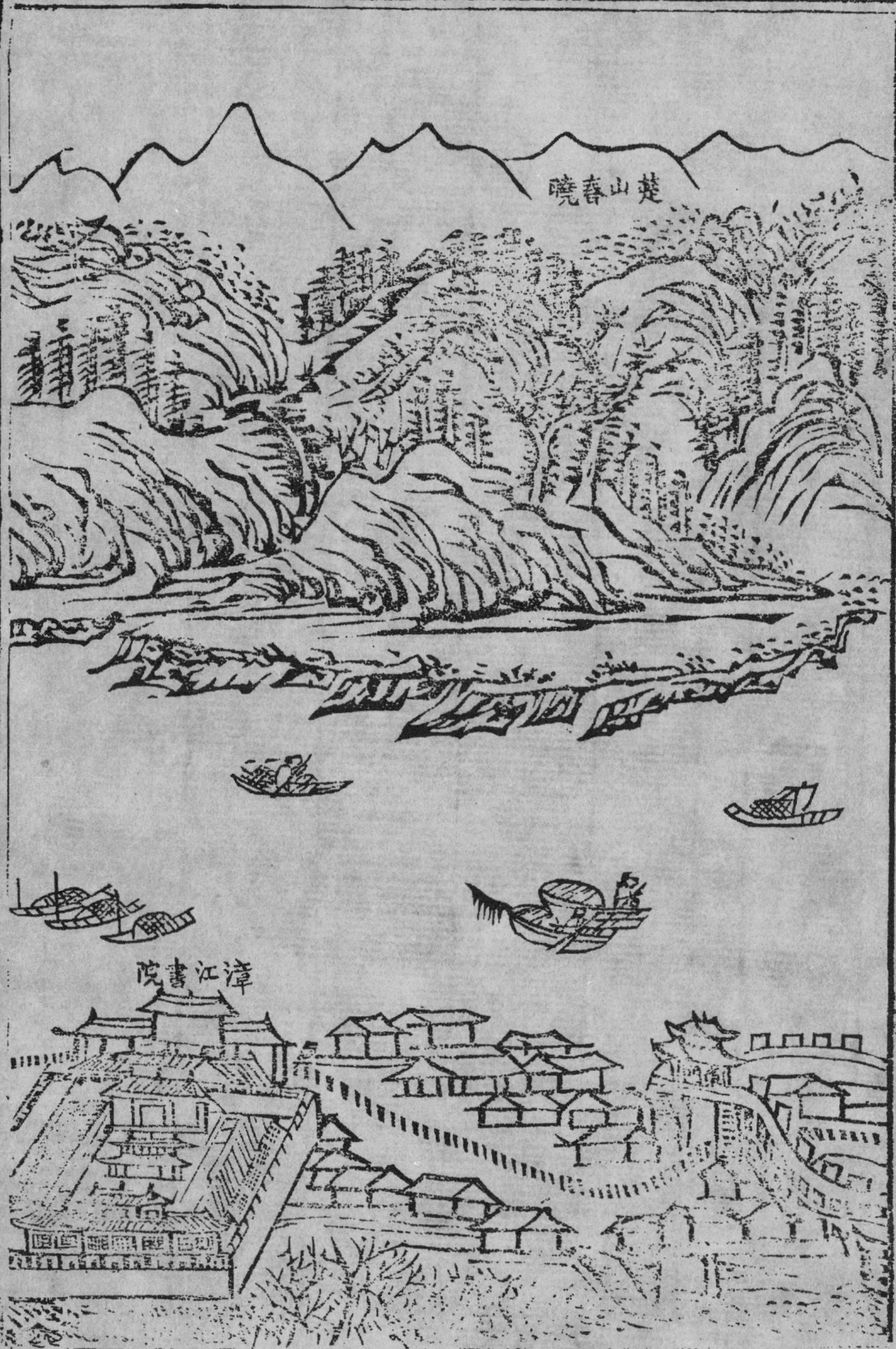
楚山春曉
漳江書院

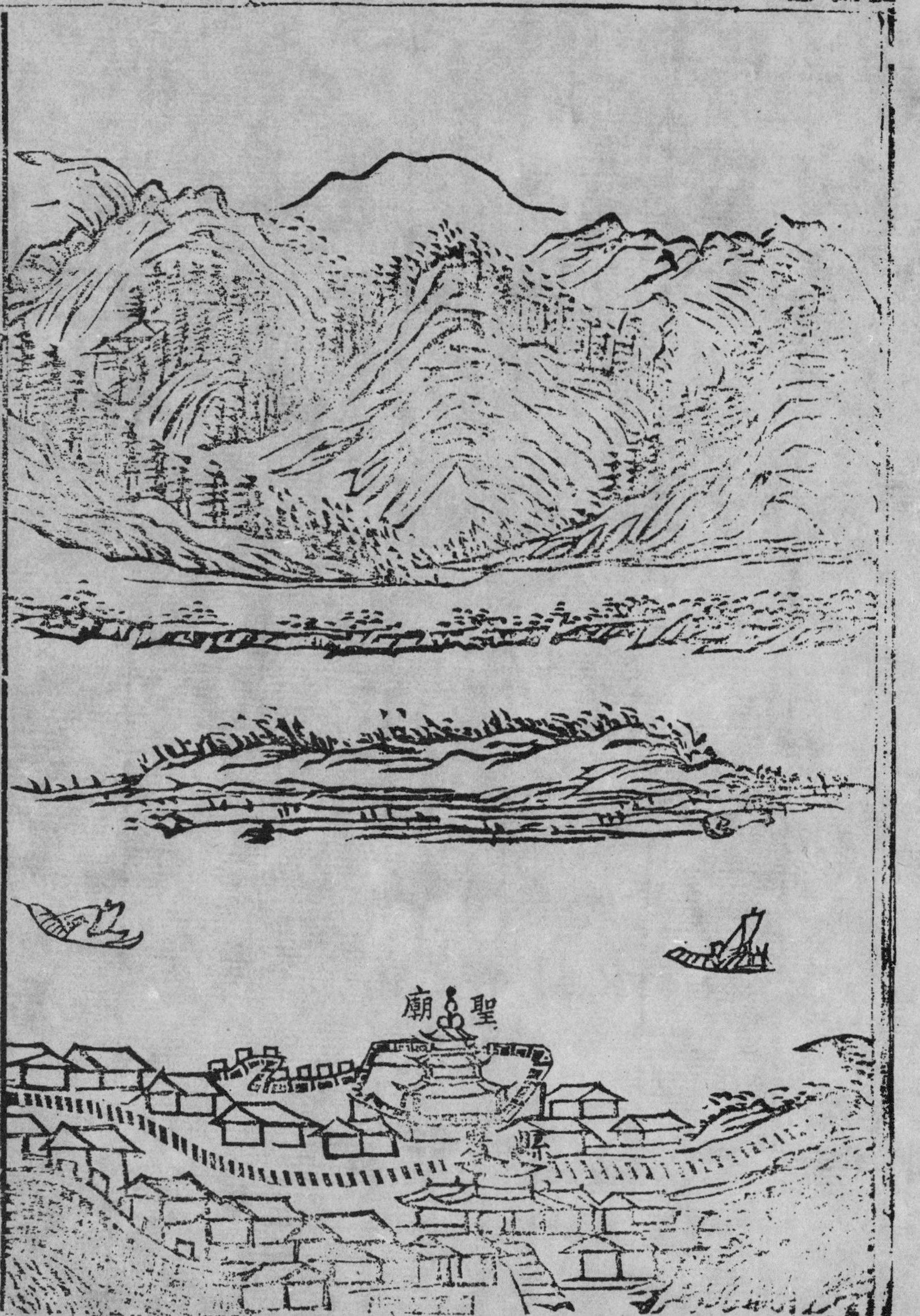
聖廟

蕉花園合編

桃花源志卷三　圖

四十

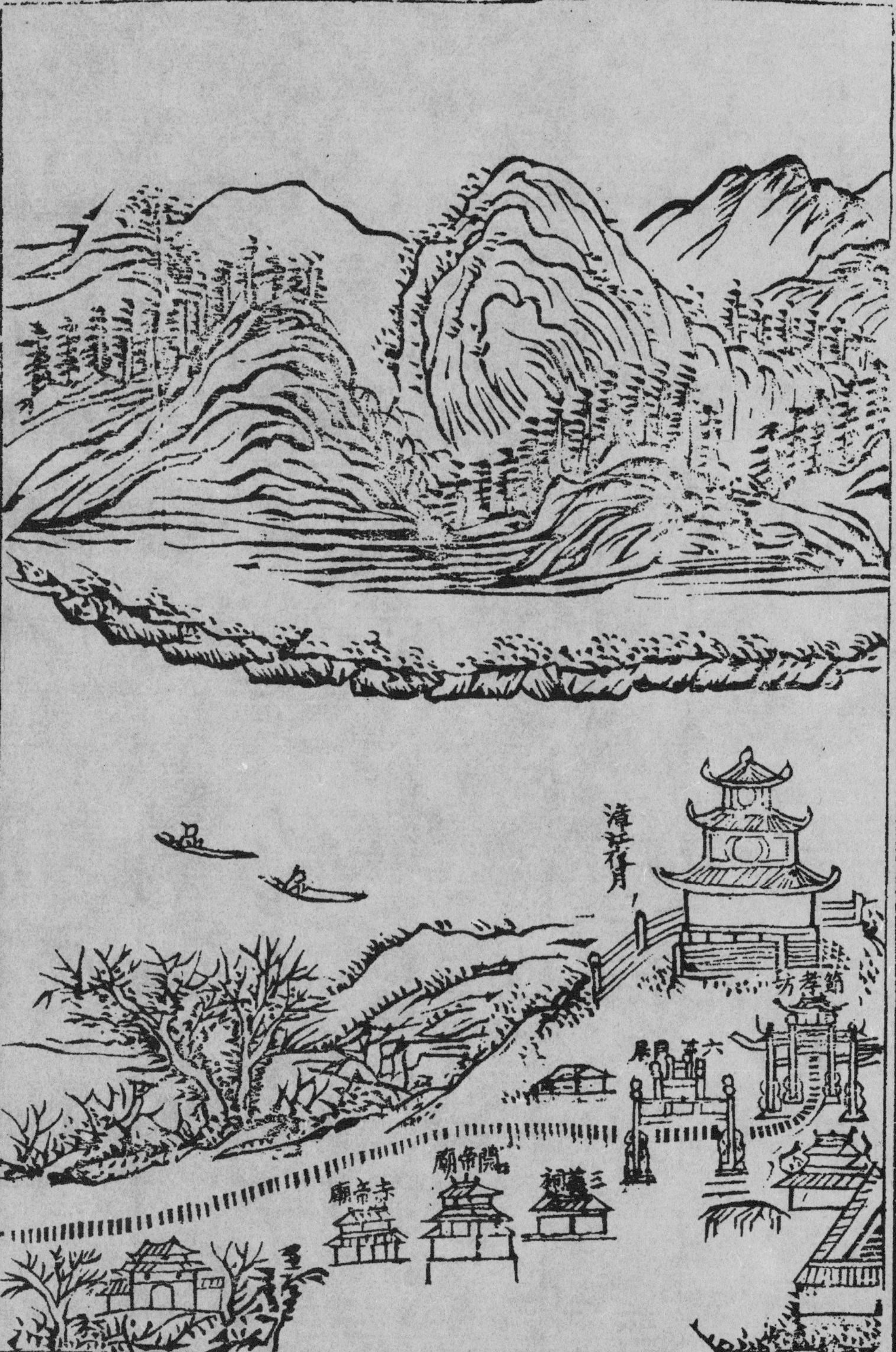

## 圖考

### 桃花源記

晉太元中武陵人捕魚爲業緣溪行忘路之遠近忽逢桃花林夾岸數百步中無雜樹芳草鮮美落英繽紛漁人甚異之復前行欲窮其林林盡水源便得一山山有小口髣髴若有光便捨船從口入初極狹纔通人復行數十步豁然開朗土地平曠屋舍儼然有良田美池桑竹之屬阡陌交通鷄犬相聞其中往來



種作男女衣著悉如外人黃髮垂髫並怡然自樂見漁人乃大驚問所從來具答之便邀還家設酒殺鷄作食村中聞有此人咸來問訊自云先世避秦時亂率妻子邑人來此絕境不復出焉遂與外人間隔問今是何世乃不知有漢無論魏晉此人一一爲具言所聞皆歎惋餘人各復延至其家皆出酒食停數日辭去此中人語云不足爲外人道也既出得其船便扶向路處處誌之及郡下詣太守說如此太守卽遣人隨其往尋向所誌遂迷不復得路南陽劉子驥高

尙士也聞之欣然親往未果尋病終後遂無問津者
嬴氏亂天紀賢者避其世黃綺之商山伊人亦云逝
往迹浸復湮來逕遂蕪廢相命肆農耕日入從所憩
桑竹垂餘蔭菽稷隨時藝春蠶取長絲秋熟靡王稅
荒路曖交通鷄犬互鳴吠俎豆猶古法衣裳無新製
童孺縱行歌班白歡游詣草榮識節和木衰知風厲
雖無紀歷誌四時自成歲怡然有餘樂於何勞智慧
奇蹤隱五百一朝敞神界淳薄既異源旋復還幽蔽
借問游方士焉測塵囂外願言躡輕風高舉尋吾契



桃花源詩碑　明劉之龍號起潛川南人

東坡曰世傳桃源事多過其實考淵明所記止言先世避秦亂來此則漁人所見似是其子孫非秦人不死者也又曰殺雞作食豈有仙而殺者乎舊說南陽有菊水水甘而芳居民三十餘家飲其水皆壽或至百二三十歲蜀青城山老人村有五世孫者道極險遠生不識鹽醯而溪中多枸杞根如龍蛇飲其水故壽近歲道稍通漸能致五味而壽益衰桃源皆此比也使武陵太守得至焉則已化爲爭奪之場久矣嘗

億天壤間若此者甚衆不獨桃源胡仔曰東坡此論蓋辨證唐人以桃源爲神仙如王摩詰劉夢得韓退之諸作是也惟王介甫作桃源詩云一來種桃不計春採花食實枝爲薪兒孫生長與世隔知有父子無君臣與東坡之論合洪景盧曰陶公記詩不過稱賞仙家之樂惟韓公以爲渺茫寧知僞與眞云云而不及作記之意竊意桃源之事以避秦爲言至云無論魏晉乃寓意劉裕託之秦耳胡仁仲詩大略云靖節先生絶世人奈何記僞不考眞先生高步窘末代雅



志不肯爲秦民故作斯文寫幽意要似寰海離風塵斯說得之吳傳正詩話曰古今所傳避秦茹芝之老採藥之女入海之童往往不少桃源事未必無特所記漁父迷不復得路有似異境幻界神仙之云此韓公之所以疑也陶公嘅然叔季痌瘝羲皇異時所賦路若經商山爲我少躊躇多謝綺與甪精爽今何如向慕至矣其於桃源固所樂聞故今詩云黃綺之商山伊人亦云逝願言高舉於此可以知其心而事之有無奚足論哉頗與前輩之意相發明萬歷三十二

年冬十一月吉旦識

武陵考 蕉花園

武陵郡卽今之常德府也在秦爲黔中郡在漢爲武陵郡領縣十三桃源爲漢臨沅縣建武二十六年分臨沅爲沅南縣晉因之仍隸武陵郡隋並臨沅沅南漢壽三縣爲武陵縣改郡爲朗州唐及五代因之至宋乾德元年始析武陵地爲桃源縣改朗州爲鼎州又改鼎州爲常德軍桃花源記所云武陵人捕魚爲業忽逢桃花林者在今縣南三十里其地屬晉之武



陵郡非今武陵縣境地

太元年號考 蕉花園

按靖節生於晉哀帝興寧三年乙丑歲生十有二歲丙子爲孝武帝改元太元元年其時桓温已死謝安王坦之輩輔政盡心國事號稱小康閱二十三年巳亥桓玄舉兵攻江陵又四年癸卯稱帝又十年癸丑劉裕篡奪勢成又八年稱帝皆安帝隆安義熙恭帝元熙之際正先生無意於仕託爲避秦者也而桃花源記之作大抵在義熙戊午十四年詔徵著作郎之

時葢劉裕王業已隆簒位朝夕間事耳徵詔雖自晉出實裕主之迫脅就官不得已隱居桃源故有避秦一番議論乃不明指其朝而溯引太元年號亦孔子作春秋因文見義而不直斥當時諸侯之意且權奸跋扈不臣生殺予奪俱由其手靖節世家名望素著稍涉譏刺彼簒國者其甘心乎明哲保身之道殊不在憤極怒罵也先生三良荆軻之詠及述酒諸詩皆託古以自見者傷遭時之多艱振救之無術飲酒高歌以攄其鬱積無聊之氣而不明斥劉宋莫非桃源避秦之意此所以免於亂世之禍然而忠愛之忱勃勃紙上千載下猶可想見嗚呼至矣孟子曰頌其詩讀其書不知其人可乎是以論其世也是尚友也故作太元年號考靖節有知其謂我爲解人也已

## 奇蹤隱五百辨　蕉花園

胡仔曰桃花源記言太元中事詩云奇蹤隱五百韓退之桃源圖詩又以爲六百年洪慶善曰自始皇三十三年築長城明年燔詩書又明年坑儒生三十七年胡亥立三年而滅於漢兩漢四百二十五年而爲

魏魏四十五年而爲晉至孝武寧康三年通五百八十八年明年改元太元至太元十二年乃及六百年記以五百爲率蓋舉成數而言而其命意之探實由太元推至於秦若非元熙禪位時事故劉裕絕不覺其爲託秦以斥宋況末又引證劉子驥驥正太元時人則益無可疑矣

避秦考辨　蕉花園

自古無道暴虐之世至秦而極生民不堪其命無智愚賢不肖咸思有以避之闕公士琦避秦考云避秦



人多矣一見於吳之樵貴谷李白所謂山多靈草木人尚古衣冠是也一見於豫章之麻姑山圖譜所謂面見黎黑走地如飛是也一見於熊湘之秦人三洞邑人所謂石門深鎖鐘鼓時聞是也其他渡河浮湘梯山泛海聽草木之腐朽任湮波之汩沒又不知幾何要皆裂冠毀冕變名易姓望幽巖以息影託名山以藏書意其坑儒焚籍之禍兆必有爲當時英雄所蚤見夙知者故有所據而逃而不待其餘波之及也其言深切明著安在武陵獨無是人方是時地爲黔

中郡苗蠻雜處道路未通風氣尚滯山叢林密去咸陽甚遠彼智勇俱困之人相率而隱避於此以脫秦之虎口誠嘗有之而謂其長子孫歷漢魏晉數百年猶未得一出而不知為何世有是理乎如以為仙則必通氣化觸往知來其精靈無往不在尚昧昧於朝代年月仙而瞶聾者則可顧無是事也蓋唐黃洞源黃道眞瞿柏廷羽化登仙而刺史温造紀其事於桃川宮王摩詰賦百韻詩以神之後來和者愈眾遂以此處之人始而避秦繼而成仙雖耕田鑿飲明明農



桑世界視等於洞府至今千百年以下不解此惑歷觀前志所載詩賦文記作非非之想為渺渺之詞盈篇累牘千手一律按之實理無一可者夫洞源師弟修煉在桃花林之桃花觀有年柏廷獨嘗入溪山根究深處信宿方返師讓之輒曰偶造佳境遭遇神聖觀雲氣草木屋宇飲食使人澹然忘情不樂故處蓋指桃花源而言後遂仙去遇仙橋之得名以此然已在唐大歷貞元之間去晉已百年外與淵明所記別是一事不得混為避亂秦人猶避亂不得混而為仙

何詩人之不審也宋蘇東坡極知唐人以桃源爲神仙之誤而比於南陽菊水蜀青山老人村之類近是然沅湘之濱向無險遠人跡不通之處則亦未見其可信矣惟宋洪盧景云竊意桃源之事以避秦爲言至云無論魏晉乃寓意劉裕託之秦耳一語破的又胡仁仲詩大畧云靖節先生絶世人胡爲記僞不考眞先生高步窘末世雅志不肯爲秦民故作斯文寫幽意要似寰海離風塵得之予據史考論淵明始末並求作記之意亦有與洪胡二說相發明者淵明爲





桓公嫡裔世代臣晉當安帝義熙之時劉裕勢張知晉祚不終而彭澤小吏無能爲力棄官從好賦歸去來辭飄飄乎有遺世獨立之况及恭帝元熙而晉事去矣有詔徵爲著作郎稱疾不就其時政由裕出或不免州郡迫脅如晉之於李密故事故攜家遠逃避隱桃源山中而作記以見意又不可明詆劉宋則以避秦爲言猶孔子作春秋不直斥當時諸侯之類念漢魏以前海內避無道秦者甚夥而借以爲言則無罪後世味之亦足以明其志實非託空立論嘗反覆

尋繹記文曰桃花林則今之桃川宫桃花觀等處是也曰林盡水源則今清風橋佳致碑問津亭等處是也曰山有小口則今漁人從入處是也曰豁然曰絕境則今高舉閣尋契亭等處是也曰停數日辭去既出便扶向路則今漁人辭去處既出亭向路橋等處是也意淵明當日泝沅水而上抵纜船洲登岸循桃花林至水源問津處南行入小口結廬於山中故按據作記一一確指不爽非如方壺圓嶠瀛洲蓬島在虛無縹渺之境也顧明明大塊人世却謂來此絕境





不復出焉遂與外人間隔者淵明本潯陽人一旦避亂至此銷聲滅跡不與外人相往來人亦無有知之者偶得漁父不欲直告託言先世久居而感觸桓公成一篇超妙文字寓絕境非劉宋所能有則避宋亦猶避秦正是伯夷叔齊恥食周粟採薇於首陽一段心懷若謂晉祚宋移何非宋土彼首陽亦何非周宇耶思故國之恩義發高尚之志願遠舉塵囂完吾素節已耳夫豈眞有秦人於其間哉又豈眞有神仙於其間哉讀者只將先世避秦時亂句秦字改作宋字

嬴氏亂天紀句嬴字改作劉字便覺通體大指了了心目而無厤無稅尤可見身非宋民與詩集義熙以後但書甲子同意陶公心思昭然於天下後世篇幅之上未有不可知者無如拘儒腐學無論世知人之識見有絕境及外人字樣妄意別一天地都說向石房奥窟一邊所以千百年來而先生作記之意不明於世也亦足嘅矣究之精忠大節不可磨滅微言隱衷久必昭著夷齊求仁屈張戀舊君臣之義重富貴之念輕千載凜凜如生淵明何必不然桃源洵先生



忠君愛國之樂境矣顏延年誄文解體世紛結志區外定跡深棲於是乎遠卽是指此地而言特未明拈出桃源二字遂令人忽忽讀過卽詩記亦作疑團不知先生平日所著詩文今尚可見者字字踏實皆見道之語豈肯於避隱之所故示神奇以惑人予爲之斷曰避秦一語葢實以秦爲宋以避秦爲避宋云彼夫一切神仙荒唐及回護證佐之說槪可從删

## 靖節祠考　蕉花園

淵明避隱之地在今縣南三十里兩山對峙中間一

水西北曰桃花林東南曰桃花源記謂林盡水源便得一山次第最爲分明然自晉迄隋百年之間而營建無聞至唐始有閻寀君桃源觀碑甘從福桃源壇記及刺史温造桃川宮記舊志謂宮宇之建當在大歷貞元之間意以是歟沿及宋明遞有修補宮制以備然皆在桃花林一面若乃桃花源者舉無所有惟石磴百級蒼寒高古見於袁宏道遊記綦詳逮萬歷初觀察劉公陶宇始創立堂宇十八年守道李公廷模加增廊房十三年分巡道劉公之龍因前大中丞



江公捐金構亭爲屋二重大抵點綴山前以供遊觀巳耳從未聞以靖節先生爲主建祠妥祀於絕境之上者惟邑人羅公其鼎淵明祠序述方伯杜友白之言曰此中缺憾無如岳武穆陶淵明兩祠不容聽其湮沒又十年始議竣祠未竟工役蓋已在
國初矣其後祠山之左乃有八角亭遇仙橋仙逕亭諸勝又不知何時移大士閣於山半建關帝宮於山麓而淵明僅一小祠介在閣與宮之間莫得定其主名咸豐甲寅粤匪犯邑境燬大士閣及關帝宮而淵

明祠巍然獨存葢天將以是山與先生也居人不解其意仍伐山樹修復自是惟麻侯維緒添建敞奇軒李侯惟丙重修仙逕亭其他亦無聞焉光緒辛卯余侯芹塘明府查復桃溪書院田畝偕予及張君鑒塘劉君左丞來山頗有整興之意次因雨雹碎損屋瓦殿亭閣宇殆不可支擇諭邑紳籌欵興工延及壬辰重九督工其間始事桃花源舊有諸勝次及桃花林舊有諸宮而奉移關帝於林之前棟觀音於林之後棟元武居中棟黃仙瞿仙居最後堂位置既已悉當乃鼎建靖節祠高據山頂改山半曰集賢祠再下曰詩人祠山麓曰延至館由館之右改遇仙橋曰窮林橋仙逕亭曰水源亭則有漁人從入處前門其中為豁然亭小憩亭直上為高舉閣尋契亭右下則有漁人辭去處後門外為既出亭向路橋皆前所未有者於是遊人韻士絡繹不絕咸喟然太息先生忠節歷久彌光雖山川草木亦為之生色千百年下始得專而有之不須雜以他神則先生之為斯山主審矣且凡從事於斯者第知林盡水源漁人從入之一處而

遺却絶境之在山巔與漁人辭去處之在山右今乃
於千百年下搜剔剪刈盡發其奇微余侯之力不及
此先生與茲山並垂不朽侯亦與先生並垂不朽乎
予故考舊志所載及今所建者並泐於石以遺後之
君子無事變更云

## 後記

### 吳大中丞桃源記 中丞名大澂江蘇人

漢通西南夷黔中滇池夜郎諸君長阻絶徼外不知漢廣大賈人市浮牂牁江而下五溪沅澧之間不當孔道無輿馬往來山陬僻壤民樂其業徭役之所不及追呼之所不至雖隷郡縣有若與人世隔絶者故魏晉以前武陵人不知有桃源也今之桃源爲滇黔往來衝道去縣治三十里卽古桃源洞余自鎭筸閱



武岡泛舟沅江問津於此有劉禹錫書桃源佳致四字勒石於亭乃後人所覆刻者循碑而南百餘步有坊曰古桃花源坊下築延至館數椽爲憩息之所館後有碑亭萃唐宋以來詩文古刻於其中字多剝蝕不能卒讀最後有集賢祠祀唐王摩詰蘇文忠二公不知昉自何時歷亭而上徑漸窄而陡飛瀑懸崖在竹林蒼翠中奔騰而下聲震山谷有橋曰窮林橋循橋之側盤旋左行至水源亭則洞門在焉相傳爲漁父經行處下有深潭流泉自洞中出溜谼鞺鞳之聲

如聽古樂流連不忍去土人以爲古之桃花潭者卽此不可得而詳也入洞門數武豁然開朗綉壤交錯如履阡陌茶林夾道雜以桐花篠蘿鈎衣下臨竹塢然無一犂之耕一家之爨似爲山僧所占據者非復桑麻雞犬之風吁可異矣山之巔有陶靖節先生祠祠後爲高舉閣近俛江流遠挹諸嶂歷歷如繪乃山之最高峯矣由峯而下其右有尋契亭亭下有泉滙流於洞門數十步有亭曰旣出亭有橋曰向路橋自橋而左山徑繚曲竹樹蒙茸有屋十餘椽曰白雲山



館基趾軒敞可以居高明遠眺望凡此亭觀橋梁皆縣令余夏棟所創建而修葺者邑之士民來游來觀有後先奔走之樂無歎息愁怨之聲噫此可以觀政矣人情厭動則思靜惡囂則求寂事繁則愛簡俗靡則喜樸湘沅西北控引苗疆萑蒲不靖之鄉鼠雀紛爭之地使者有慙德焉適兹樂土風純俗美男耕女織子婦熙熙不識不知輶軒之所至顧而樂之有不覺其心曠而神怡者無懷葛天之民其風猶有存歟殆有司之無胥戕無胥虐歟抑民俗之敦龎古今人

相去不遠歟爰濡筆爲之記光緒癸巳春

桃花源諸勝落成記 蕉花園

桃花源邑之名勝也舊建有靖節祠敞奇軒於山半岑蔚處源之中則窮林橋水源亭在焉騷人墨客名公大夫遊覽者或竟日竟月不欲去林泉之美沅湘稱最然予謂斯地之見重人間不係乎此也昔在陶公元亮當東晉偏安劉宋熖張公以世代晉臣恥事二姓解體世紛結志區外定跡深棲自潯陽栗里託隱桃花流水山中苦心孤詣論古者謂與三閭大夫



張文成侯諸葛武侯數人者其遇時不同爲人不同而君臣之義重則其心一也學者故稱靖節先生今自我尋繹記言先世避秦時亂率妻子邑人來此絕境遂與外人間隔蟄寓絕境者非劉宋所能有而避宋亦猶避秦耳高舉塵囂無紀歷靡王稅則仍不失爲晉民殆與首陽采薇不食周粟之意將毋同雖以爲聖之清可也綱常名義所關至大允宜配享名山廟食千秋邑先達景仰前型留連往事建祠祀之其他橋梁亭閣皆以紀先生之遺蹟而令人眷顧不忘

者辛卯三月天大雨雹自西而南屋瓦皆碎殿廷滲漏六氣浸淫邑侯余公因公至此愀然不樂爰集邑紳許君繼成皇甫君蓮劉君夢乙張君希渠陳君華滚方君竹亭張君大澍及予凡八人計議籌修郎以先生有功名教世所景慕當就避亂絶境創建祠宇移神主於其間俾凡仰止高山者望崖而勿思返山半敞奇軒榜以集賢祠祀唐王摩詰韓昌黎至宋謝枋得諸名士再下爲白雲山館祀明以來諸詩人總弗雜以他靈祠之西北舊有桃川宫改題曰古桃花



林林之麓曰問津處復南行曰古桃花源延至館循館之左歴窮林橋水源亭則漁人從入處也其中爲豁然亭小憩軒直上爲高擧閣尋契亭右下則漁人辭去處也外爲旣出亭向路橋仍歸延至館搜剔剪刈悉發記文所指皆侯之力也經始於壬辰菊花天落成於癸巳桃始華之日而茲山茲祠遂爲先生所專有曲折深邃悠然不盡俯仰低徊良用感嘅夫人莫不入廟思敬矧以皭然不滓如先生者文章氣節均足以式型來學展拜之餘將必動其忠君愛國之

忱而思綿延於勿替則此一役也有裨人心風俗無惑於神仙荒唐之說者不少矣卽窮溯水源而其林木陰翳亦足以供騷人墨客名公大夫之遊覽所當愛護蓄禁重如召伯甘棠焉葢非第一邑之勝而天下之勝也侯於此軒豁呈露刻畫形容務求造化之秘名賢之跡是又先生百世下一眞知已也顧可不記哉侯余姓名良棟號芹塘四川萬縣人以光緒戊子六月宰邑事多惠政鼎建公署北街育嬰堂東北門城樓整新諸祀廟次及桃花源諸勝皆堪千古者



光緒癸巳嘉平月

蕉花園合編桃花源志卷六

題詠

宋胡宏桃源行 宏號仁仲崇安人

北歸已過沅湘渡騎馬東風武陵路山花無限不關心惟愛桃花古來樹聞說桃花更有源居人共得仙家趣之子漁舟安在哉我欲乘之望源去江頭相逢老漁父煙水茫茫雲日暮投竿拱手向我言桃源言說非眞傳當時漁子魚得錢買酒醉臥桃花邊桃花風吹入夢裏自與人世相周旋靖節先生絕世人奈



何記僞不記眞先生高步窘末代雅志不肯爲秦民故作斯文寫幽意要似寰海離風塵不然山原遠近桃花開宜有一片隨水從東來嗚呼神明通八極豈特祕示桃源哉我聞是言發深省勒馬卻辭漁父回及晨遍覽三春邑莫使風雨空莓苔

元王惲題桃源圖後 惲號仲謀汲縣人

序曰至元癸未夏五月二十日經略史公邀余樓居燕語仍出示桃源古畫二大軸蓋佳筆也公因詢茲事有無其意果云何者明日賦此詩

以呈
君侯示我桃源圖絹素剝裂丹青渝衣冠俎豆三代
古髣髴物色開華胥當時傳說皆樂土存說本末何
數腴半山歌詠似摭實昌黎論列疑其虛千年繪影
見遺跡桃源之境誠有無君不見淵明千古士心遠
與世疎羲皇而上每自況肯隨澤雉樊籠拘紱歌歸
來朝市改故山田園松菊蕪斜川風景固足佳未免
結廬人境車馬時喧呼復讐宣力兩不可天運乃爾
將如無遐觀高舉深意在安得超出物表寘鴻俱因
緣開此武陵說託彼奥隱稱樵漁不然果有繼問津



雲湮出沒何須臾又不見山林不外天壤間迥異世
隔皆仙居桃花流水窈然在放浪而卽斯人徒放浪
而卽斯人徒

明葉口口石刻桃源詩

序曰陶靖節當晉祚已改恥事二姓有子房孔
明之心不口口勢有豫讓荆軻之志不屑其謀
乃逃名避世憤鬱口口聊託之秦人以見志後
人不察遂以爲神怪且紛口口其有無亦惑矣

偶因登覽爲著明之
秦人不厭入山深肯信漁郎有路尋直把煙霞分異
代故將雞犬隔重林清泉白石仍朝夕霸業王圖竟
陸沈五栁逃名無限憾桃花指點到于今
國朝魏裔桃源行 裔號石生柏鄉人
序曰昔晉有高士陶淵明置身三代歎其身遭
劉宋禪代之際世之人莫巳知也故作桃花源
記綴之詩以自明其古處其文云此中人語云
不足爲外人道也嗚呼非此中人足道乎又云



劉子驥親往未果後遂無問津者嗚呼非其人
津可問乎唐人如王摩詰劉夢得韓退之等皆
以桃源爲神仙而東坡亦不能辨以爲漁人所
見乃避秦之子孫是皆無異於說夢也余嘗熟
讀陶記偶有所見擬作數句雖詞意膚淺庶幾
窺於作者之意云爾
淵明自謂羲皇人作爲詩記擬避秦秦人宋人一而
巳詐力篡弑不足詢柴桑自有桃源渡洞口雲深落
英聚雞犬同有古音聲衣裳不作新制度此中避世

可千年春花秋月自涓涓峽中不知人何事世人遥
望惟青山山邑溪光終不改武陵白雲自相待却笑
時人欲問津避秦之宅竟安在

李北溟過桃源 名宗翰號春湖臨川人

古人達時變幻語偶成趣後人驚奇詭遺蹟妄題署
我入桃源境風景春方暮閒禽啼近人塵夢若初寤
雞犬雜平疇人家隔深樹徑絶崖乍逼坡廻溪屢渡
轉瞬别天地忽與前山遇居人競相語指點避秦處
延望是耶非滄桑今幾度山桃初葉齊紅消綠成霧



不恨失花期遂失緣源路人心隨物變來者半迷悟
焉知遺世情不受濁世汙游神懷葛初詎爲秦人賦
不見范蠡舟拂衣五湖去留侯亦辟穀永結赤松慕
高風同所契心跡如相訴却笑武陵人還被神仙誤

吳素村題桃花源記後用淵明韻

晉代陶淵明生當叔季世抗志傲羲皇去汝無由逝
寄奴草連天典午紀綱廢拂衣歸去來杜門且休憩
松菊漫栽培田園更樹藝詩只任天眞酒不輸課稅
代馬嘶北風槃犬笑堯吠隱衷欲告誰五柳傳自製

蓮社豈逃禪許飲何妨詣高蹈絕塵寰隨俗無激厲
筆下有春秋甲子書年歲翟卿亦安貧五兒幸無慧
一朝記桃源幻出神仙界漁郎偶問津既出路旋蔽
心在古之初言在文以外千載仰高風此意誰能契

程雲芬桃源行 雲芬名恩澤號春湖海歙縣人

避秦入洞蟄世世長子孫如何唐畫詩競指仙之人
避秦即避宋淵明寓言耳如何武陵客日尋甕口水
或謂錯築城投畚插者流或謂瞿拾棋會與仙子游
漁父無姓氏實以黃道眞劉歆非晉人子驥豈前身



持以問淵明不足當一吷高臥北牕下請從羲皇說
河洑至夷望處處神仙家三渡過洞戸今年逢桃花
桃花爛若錦北風猛如虎一飯不可留耿耿憶前古

張靜安桃源有懷 名家渠號蓉裳湘潭人

何處秦人洞先生儻寓言河山非典午松菊自田園
歲月義熙古衣冠處士尊宅邊五株樹避地即桃源

伍愛山擬韓文公桃源圖詩 愛山名朝贊沅江縣人

桃源有無何渺茫寓言寄意窮荒唐俗儒不解眞耳
食都疑仙境爭誇張泉明作記別有託柴桑即是眞

義皇桑麻雞犬在人境兒童黃髮歡相羊愛客招邀具雞黍目無魏晉言非狂豈有避秦種桃者肯令塵俗通輕航分明不足外人道當時此語堪參詳義熙以後書甲子乃與黃綺同頡頏讀書須貴識眞諦莫令古昔嗤愚盲桃源不遠在方寸落花流水生春光

黃海緣題桃源 海緣大令名慶萊嶺南人

序曰淵明桃花源記解者紛然卒多附會惟不仕僞宋一說深得靖節本懷按陶詩全集但書甲子而此記首叙晉年號其詩又云雖無紀歷志則不



屑臣宋之意顯然况篇末以劉子驥自况而以高尙稱之其志愈見矣尙何疑紀仙與談理耶要之文雖寓言而實有其境與醉鄉等記逈别大雅辨之同治辛未

寓意原非幻桃源自有鄉古心高魏晉仙境即農桑世欲逃劉宋人思託夏黃明明高尙志諸說總荒唐

吳窓齋中丞訪桃花源集陶句六首

羲農去已久舉世少復眞道衰向千載漂流逮狂秦賢者避其世聊爲隴畝民雞犬互鳴吠良苗亦懷新

耕織稱其用偃息得所親厥聞世上語解顏勸農人
此中有眞意行者無問津
山氣日夕佳感物願其時鼓棹路崎曲不駛亦不遲
脫有經過便登高賦新詩桑麻日已長園蔬有餘滋
高莽眇無界獨樹衆乃奇班荆坐松下縱心復何疑
地為幽人遠我今始知之遙謝荷蓧翁千載非所知
山澤久見招今日從茲役陵岑聳逸峯前途漸就窄
館宇非一山遙瞻皆奇絕何必升華嵩開徑望三益
桃李羅堂前余今築白雲山館襍植花木甚多苗生滿阡陌去去欲



何之寂寂無行迹
昃日登遠游氣和天惟澄高柯擢條榦中夏復清陰
赤泉給我飲回飈開我襟雲鶴有奇翼神鸞調玉音
步步尋往迹遙遙沮溺心抗言談在昔懷古一何深
素心正如此苟得非所欽
清風脫然至飄飄吹我衣班坐依遠流懸崖歛餘輝
目倦川塗異游雲倏無依耕種有時息日入相與歸
衰榮無定在何世繼塵羈靜念園林好一觴聊可揮
山川一何曠慨然念黃虞行行至斯里依依昔人居

幷簷有遺處棲遲固多娛山澗清且淺繞屋樹扶疏
心遠地自偏誰謂形跡拘投策命晨旅爲我少躊躇
既來孰不去緜緜歸思紆

向文奎題邑侯景星垣靖節祠落成

絕境天然五柳居瓣香晨夕㬥吾廬龕中栗主題都
稱（以王摩詰蘇長公配 言令改題集賢祠）門外桃花放自如曠代同歆
初漉酒解人應讀未焚書宰官心想前身是山水含
暉問老漁

桃花源正誤　蕉花園



自來無道莫如秦焚書坑儒泣鬼神長城一築役萬
衆刀鋸鼎鑊待斯民民不堪命鳥獸散入山跨海實
有人古今故稱避秦者生生世世相爲鄰同在大地
之人間未必蓬島離風塵靖節先生遭晉末劉裕起
自布衣倫誅滅桓氏權在手潛移神鼎撫五辰國稱
劉宋號元嘉大晉江山悉沉淪舉朝紛紛奉新主惟
我先生恥爲臣寄奴徵車下潯陽敦促就道罔逡巡
宰輔子孫義難再僞朝使命怕太頻遯隱武陵桃花
源雅不願作王家賓桃花點點通消息何物漁郎來

問津未便顯斥篡晉託言先世避亂秦不知有漢況魏晉抱愧子房志氣伸無歷無稅居絕境首陽高節完君眞先生心事自昭昭笑殺詩人不善陳疑作神仙之洞府秦漢以來春復春致令忠節反隱晦莫解記言立意新我來花源修祠宇偷暇展閱細吟呻恍然清介超物外畎畝豈肯忘君親指顧山河國已非傷心慘目不辱身相率妻子與世隔耕田鑿井費艱辛夷齊恥食周武粟怡然餘樂亦安貧得間遠證唐宋句幾欲一慨掃荊榛軒牕閉戶勤搜採篡輯成



志何彬彬感遇知音千載下先生亦當徵含嚬爲語後來題詠客諸說荒唐漫敎[illegible]

## 聯語

按門聯之興肇於五代之桃符蜀孟昶新年納餘慶嘉節號長春十字其最古也至推而用之楹柱蓋自宋人始其實卽武王戶牖有銘之遺法也元明以後日新月盛凡名勝所在佳製林立膾炙人口者不一而足楚天若黃鶴樓岳陽樓自來名手所題刊刻成帙實足爲爽心悅目之一助桃花源名勝千古詩賦文記碑志浩繁



間亦有書題聯語鐫懸堂楹點染生色者然任其蘦落湮沒故久而不傳於世好事者無從採輯光緒壬辰余侯芹塘明府督修勝地余亦從董是役相與漆建祠廟亭閣橋梁諸景每一景成輒製聯以記之工竣之日徧徵同志博訪舊聞共得若干首不計工拙附於志末以發其端一俟來遊者各出鴻章巨製渙衍山中然後薈萃成書如黃鶴岳陽永永其傳以備詩文外之一體云爾

靖節祠 余明府

隱託桃源胡爲意寓避秦抱憾宋劉移晉祚

生當栗里設以時不知漢尚慙張子報韓忠

又

始避桓元繼避劉宋完大節在一身當日總難忘晉

室

生

舊居江右隱居沅南留令名於百代此中何幸有先

又 蕉花園



甚避亂秦人絕境猶存心在晉

儼首陽高節先生又是聖之清

又 張大澍

劉氏奚篡晉乎指顧山河國土已非孤忠託隱避秦

亂

疆

先生豈忘世者依歸祠廟靈應不爽佐命挺興闢禹

又 張希渠

避秦記寓言當桃濃春雨菊傲秋霜想見先生高節

忠晉成往事況瑞靄卿雲靈鍾士月宏開盛世版圖

又　曾清泉

不臣僞宋大義凜然當時應託避秦亂
有眷先生忠心尚在絕境未忘輔晉朝

又　吳道翼

絕境我亦來問當年記意何存晉祚宋移避隱惟言嬴氏亂

菊花杯

先生人共仰自今後奉承維謹桃羹柳汁入秋更上



問津亭　蕉花園

義重君臣託故而逃問津莫作神仙侶
心非劉宋有懷欲吐避亂自言秦漢人

水源亭

村舍儼然笑漁人迷不得路
水源宛在從太守常來問津

敞奇軒

絕境此何來神界原非劉氏土
避秦意休問奇蹤還屬晉時人

高舉閣

高舉塵囂無限深情嬴顛劉蹶付流水
創修閣宇有懷芳躅春雨秋風薦異馨

尋契亭

神遊羲皇以上
身在松菊之間

豁然亭

舉目雲山咸在望
回頭桑竹自成春

窮林橋

水流花放
月白風清

向路橋

犬吠雲中猶爲晉
鷄鳴樹抄若嘲劉

既出亭

山中有鳥呼晴雨
世外何人識夏黃

桃花林

却怪漁郎忽逢夾岸繽紛引入絕境
且看太守添得滿林景色嚮往先生

延至館

墨客騷人向絕境留連且漫從晉字唐詩浪添題詠
征軺使節仰先生文采還須在桃花流水別具感懷

白雲山館

晨煙暮靄
春煦秋陰



悠然南山軒 集句

此處正安吟榻好
當年只記入山深

高臥北牕軒 集句

骨冷魂清無夢寐
水流山靜自春秋

歸去來軒

夜靜泉聲瀠枕上
日高竹影漾牕前

任去留軒

詩有丰神緣近道
心無繫累自安貧

碑亭 集句

而後知天下之文聚於斯
足以極視聽之娛信可樂

集賢祠 集句

葢遊於物之外也
非賢而能若是乎



詩人祠 集句

文工畫妙各臻極
嬴顛劉蹶了不聞

小憩軒

策父老以流憩
時矯首而游觀
雲無心以出岫
鳥倦飛而知還

古桃源坊 余明府

豁然敞五百奇蹤祗山上白雲儘堪怡悅
到此空古今疑案彼天涯黃綺未免塵囂
避世乃爲賢看流水桃花送盡六朝人物
問津猶作吏搴靈山草木別開三楚乾坤

又一首 劉光璜

開口說神仙是耶非耶其信然耶難爲外人道也
源頭尋古洞秦歟漢歟將近代歟欲呼漁子問之

記

## 桃溪書院記

聖門四科首德行次言語次政事次文學各當其材所以衛道也然而國家天下之大所賴在政事其爲政事材者亦必有德有言有學故道本相貫亦相爲用乃古今不數數覯則無有人焉以文學明於世而接乎鄒魯之傳耳苟經明行修師儒君子之徒相繼而起講論千聖之學而道足以濟天下一時從之遊



者率本經術治世爲當代名臣而其流風餘韻式浮起靡猶千百年動人之感興漢之鄭康成董仲舒隋之王文中唐之孔穎達韓昌黎宋之周程張朱子皆其選也未有教學不明師承無自而經天緯地之才崛起於草野表著於朝廷撥亂反正光昭史册者矣衡湘之間自屈子賈太傅後風流歇絕歷無傑出名賢有宋周子興於道州吾道其南嗣是胡文定自閩崇安結廬衡山著春秋傳尊王賤霸其子五峰紹業授張氏南軒朱子訪之來潭相與講論一闡聖學之

秘是皆志在春秋以君臣大義爲重者洙泗流沫不絕溢於三湘故近軍興以來若曾文正左文襄胡文忠江忠烈羅忠節彭剛直諸公肅清海內卓然政事可觀卽其持身以德教世以言亦不懈而及於古然則絕學之昌明所係豈淺鮮哉且夫湘以外沅爲最昔善卷釣遊之地亦屈子沂流行吟者也志學者幾何人惟陶靖節先生以世代晉臣不仕劉宋而託避秦隱居桃源作記賦詩以見意植綱常扶名教與夷齊首陽求仁得仁先後道同雖當異端猖狂横流之際而所發之於詩者獨以六籍無一親爲憂則惓惓於道統之絕續非眞儒學不能卽俎豆於孔廡之間而何愧無如唐以後遊人韻士不揣先生記意所指妄爲神仙荒唐之說以惑世而其忠君愛國之忱實與三閭大夫張文成侯諸葛武侯異時同揆之旨昧昧罔覺第以爲潔身去亂隱逸之倫而不知其篤志於道充其所學自足以平暴亂而振宗國於從政乎何有究之遭遇篡竊吟咏以終悲夫然眞西山嘗言淵明之詩宜自爲一編附三百篇楚辭之後爲詩根

本準則有德者必有言又六經外之一經也其於道
何啻文定南軒朱子之振響衡湘耶顧衡已建文定
書院而嶽麓爲朱張講學所書院益加擴充彬彬乎
文學之風至今未艾獨至靖節嗣音葩經歸隱花源
曠千古未聞尊以道學奉之講席俾後進有所式型
而於天命民彝君臣父子大倫大法之所在敦篤不
忘甚非所以闡發幽光興起人材之意也光緒戊子
邑侯余公芹塘太守來滋斯土詢悉桃花林舊有桃
溪書院因先生而得名明時田山租課最廣自魏忠
賢廢天下書院爲公廨旋又燬於兵燹遂致散歸僧



道蕩然鮮有存者爰集董紳造册立案按畝清丈通
計得部弓柒百壹拾貳畝柒分六釐壹毫叁絲申詳
愙齋吴大中丞　奏復書院奉
旨嘉奬次按桃花林在縣南三十里中隔沅水風波之
險且去東北鄉窵遠寒衿以爲言查邑西關外空地
一方枕水面山林木陰翳不減桃花源風景而仁賢
士大夫之所遊集自有嚴憚切磋之益龜卜宜作書
院乃以今乙未春購買建院凡數閱月告竣仍題曰

桃溪書院不忘所自也慨然想見六籍無親悠悠生嘆專以校經爲主而凡鼓篋其中者講究四書五經異同諸子百家得失綜會歷代天文地理典禮刑政律呂兵機邊防及
國朝會典通禮則例外則算法洋務無不一一精通而爲有本有用之學噫是足進於道矣夫大學之道極之於治國平天下不以畎畝終也先生篤於君臣大義則凡學先生之學者亦且推本六經取法聖門以德行爲本言語爲用儼然政事材駕曾左而上之出輔
聖清混一中外爲
聖天子開萬年有道靈長之運此則賢邑侯勤勤建院之意亦今日必至之效有如是者若夫屬辭撰句干名利祿取悅一時之耳目不顧千秋之名義有對書院而羞顔吾不知其所學何事也記之以勸來者光緒二十一年春仲甲子日曾昭寅竹君氏

續補

王益吾祭酒讀愙齋尚書游桃花源記書後

桃花源章自陶靖節之記至唐乃仙之詔隸二十戶奉徭備灑掃靈宅醮壇廣形歌詠時君好道而荒誕不經之說附焉宜昌黎翁之僞之也余謂靖節作記但言往來種作男女衣著如外人設酒殺雞作食餉客無殊異世俗事不當以爲鬼物東坡言漁人所見乃避秦人之子孫引南陽菊水蜀青城山仇池洞天三事以爲天壤若此者甚衆而中丞吳公紀游言漢通西南夷黔中滇池夜郎諸君長阻絕徼外不知漢廣大賈人市泮牂柯江而下五溪沅澧間不當孔道山陬僻壤民樂其業徭役追呼所不及雖隸郡縣若與人世隔絕故魏晉以前武陵人不知有桃源是二說最爲得之余又以爲秦人避亂居此亦自有說史記秦本紀昭襄王時司馬錯定蜀二十七年錯因蜀攻楚黔中拔之三十年立黔中郡括地志云故城在辰州沅陵縣西二十里劉夢得登司馬錯故城詩自

注秦命錯征五溪蠻城在武陵沅江南是當日沅澧左側皆秦兵威所至吾意必有秦人戍役不歸尋幽選僻相率聚居若交址馬流之比而爲之魁者抑豈無一二奇桀如盧生徐市之流知世亂未艾號召部署塹險自固不與人境通歷世蒙業遂習而相忘歟此其情事可揣而得也晉太元非平世所謂武陵太守者爲政不知何如漁人一出意彼中長老慮好事復至豫爲阻絶觀其語云不足爲外人道避世之心若是其深也而遂詫爲仙蹟豈非差謬之尤甚者耶



中丞下車未期政教風行百姓和樂盡楚之南皆桃源也屬以閱武西行道經斯土慨焉興慕撰爲記文致美民俗歸譽有司盛德謙光夐乎彌遠洞前亭觀橋梁皆縣令余君芹塘修建一登記覽自後遂爲勝迹葢山川之靈得陶記而開有中丞之文而大顯而韓蘇諸君子憑虛臆斷雖所見互異不如今日之得實也既樂觀公之文因以余所見附書其後云

### 余侯桃花源記

沅南名勝以桃源洞爲最奇靖節先生雖托之寓言

而其地山川盤錯林壑幽深信爲仙靈窟宅唐宋以來遊覽吟詠勒石紀碑者至今未絕顧昔賢所歷止沿溪而進由八方亭會仙橋以至桃花潭秦人古洞在其間則前洞之勝槪已盡於斯而未始知有後洞也夫山水雖僻絕勝有具造化之靈奧自創之斷不能自秘之乃歷千百年屐齒未經志乘弗詳或天之故爲扃藏而留以有待歟壬辰冬予方規地於山巓移建靖節先生祠廟積雨新晴遊興勃然乃約武陵劉采九庶常及邑紳曾竹君張鑑堂二君覽勝仙源



過白馬渡至桃川宮前行數武道旁有桃源佳致碑葢唐朗州司馬劉禹錫所題也由此折而入洞昔之傑構崇墉將就頹廢從溪右拾級而登磴道凌空其上爲靖節祠祠僻陋而湫隘尤甚此予所以欲重新以求愜先生高尚之志也者維時見山半曲徑通幽以爲先生尋契所必由也宜構歸去來軒名士大夫景慕來遊之無所憩也宜旁設廳事再上則爲秦人洞烟嵐四合苔蘚紛垂竊疑仙源之勝槪不止於此遂與諸君子捫蘿更上有良田美池雞犬桑麻之屬

髣髴漁人初入洞時所見光景也其地則羣山環抱烟雨空濛洞以外似無路可通爽性怡情遊者忘反循山後曲折透迤行經數里則又有泉聲出於巖際其下滙爲清溪從山右蜿蜒而出與秦人洞下注之溪水合於山門之外而發源之處奇石玲瓏若隱若見相笑以爲漁人出洞之所經踰年一一修舉於此爰規其事爰濬其泉爰新其額曰漁人辭去處而後洞所由名乃自今始兩山夾水之間仍架石爲虹梁顏曰會溪橋水由是合而洞之前後左右交互盤紆



點綴眞源妙境崇樓飛閣適在其中造化之靈奧至此乃盡洩其奇是數千百年以前僅知有前洞者數千百年以後當更知有後洞也則予與諸君子之遊豈偶然哉於是乎屬工鑱石以紀其勝時光緒癸巳秋七月既望蜀東余良棟芹塘氏記

衛蓮屏桃花源銘　蓮屏大令名炳鎏四川人

予少讀靖節先生桃花源記想見沮溺丈人之風及覽桃源圖有瞿童黃洞源事又疑爲仙境誦昌黎詩東坡序乃爽然若失古人借景抒懷意固深

逵哉風俗之樸質林壑之幽遐意非盡屬寓言者甲午春緝逋一至桃源城主爲予鄉余君芹塘作小桃源洞於署中飼鶴焉其外臺榭樓閣亭橋船山具備龔君子皋曰太夫人迎養其取鶴齡之意乎或者一琴一鶴將慕清獻之風乎予觀夫棟宇軒敞風景美麗引他山攻錯之義賦鶴鳴九皋之詩芹塘顧笑明日導至秦人古洞處則見挺者爲亭闊者爲閣有臺凌虛有碑犖确橋臥長虹徑盤屈蠖皆芹塘之所造也登高四望樹葱葱而聳



碧峰遙遙而送青樵歌牧笛禽鳥瀑布之聲不可辨晳芹塘曰吾子亦有樂於此乎夫祖龍肆虐驪山徵徒吳廣陳涉之流揭竿首難而獨挈妻子入山林亦周易所謂嘉遯者歟然亂世之良民非盛世之民也方今干戈寢息徒役不興率土之濱莫不服先疇供租稅聖代無隱者而何秦人之足云況山水無知惟人所契臥北窗下則羲皇上人居五柳間則無懷葛天之民何必樸者爲淸華者爲濁邪予曰境隨人變情與世遷居亂世則以靡王

稅爲幸際淸時則以媚天子爲共故風景無殊所感各異靖節招隱憂天下之無君也伯夷之節也韓蘇闢仙憂天下之無民也孔子之心也杜友白獨惜武穆無祠憂天下之無臣也伊尹之志也三者其何居爲豐亳歐民者桀紂也爲桃洞歐民者嬴政也歐桃洞之民爲豐亳者聖天子也助天子歐民服先疇供租稅儉而中禮文而不奢以成爲豐亳之民者良有司也銘曰

周綱陵遲民無麗兮天眷嬴氏寵之帝兮豈厚一人



敷大厲兮如何鞠訩不惟惠兮驪山長城征無藝兮秦人相謂可以逝兮逝秦人逝兮秦鹿斃兮赫赫皇圖終二世兮得民者昌失民替兮遺蹟在茲貞萬禩兮

桃花源高舉閣題壁詩碑

桃源之說誠荒唐韓愈句昌黎詩抉雲漢章王孟言仙摩詰桃源行云及至神仙去不還蘇東坡據靖襄陽孺武陽即事云仙家信幾深蘇疑殺節叱殺雞作食謂豈有仙而殺者遂目漁父所見是避秦人子孫以爲桃源如菊水青城山之類千秋訟紛闌一堂我今來爲桃花主七載琴鳴瑯環鄉暇時巾車訪遺蹟行歷幽溪躡崇岡靈宮道宇支傾圯老

松空樕烈芬香其壤繡錯阡通陌男婦著代勤耕桑會了官租燕親友漿醴蔬柔樂常羊世上滄田渾不讓壺間歲月亦何長睢睢盱盱俗尚古已較太元遊羲皇契尋高舉掓茲閣敢與彭澤爭頡頏揮杯浩歌招黃綺百里井邑莽蒼蒼地僻風泉喧愈靜天鍾民物壽而康菊水青城終須變似此洞壑生輝光清氣襲裾吾欲醉人仙是非相沒忘眼見塵中出塵外吁嗟桃源豈荒唐

觀瀑 一首



何處飛來其鳴如玉白練千尺劃破山綠徙倚靜觀清冷巖曲願洗我心無濯我足

光緒二十年甲午年仲秋知桃源縣事蜀東余良棟譔

寄語

清康熙間成書的古今圖書集成方輿彙編職方典和山川典四次提到南朝梁代任安貧武陵記所載武陵桃花源可見人們對武陵桃花源的關注是在陶公棄世後不久就開始了明崇禎十三年分巡道陳瑾在遊覽桃花源後稱夫遊桃源者如十人共讀桃花源記而人人胸中各具一想頭及乎親身到來又人人各有一會心處不能互相告語不能一一牽合證據而續鳬脛添蛇足爲也可見每個人心目中的桃花源都不一樣尤其是面對一千六百多年前的經典時每個人心中都會升起一朵夢想的祥雲在國家深化改革努力實現中國夢的今天我們於桃花源景區提升改造工程勝利竣工之際向諸位奉獻這部一百二十多年前的桃花源志就是想給您提供一些歷史的佐證倘若能夠爲您往後的生活增添幾分意趣是爲大幸此致

常德市文化旅遊投資開發集團有限公司

常德市桃花源文化研究會

夏曆強圉作噩林鐘屠維赤奮若日西元二零一七年七月一日

桃花源志 / (清) 曾昭寅編. -- 揚州 : 廣陵書社,
2017.6
ISBN 978-7-5554-0774-4

Ⅰ. ①桃… Ⅱ. ①曾… Ⅲ. ①桃源縣—地方志—史料—清代 Ⅳ. ①K296.44

中國版本圖書館CIP數據核字(2017)第120714號

ISBN 978-7-5554-0774-4

9 787555 407744 >

微信二維碼

微博二維碼

項目統籌策劃：梁頌成

# 桃花源志

著　者　清・曾昭寅 編
責任編輯　張　智
出版發行　廣陵書社
揚州市維揚路 349 號　郵編 225009
http://www.yzglpub.com　E-mail:yzglss@163.co
印　刷　常州市金壇古籍印刷廠有限公司
版　次　二〇一七年六月第一版
印　次　二〇一七年六月第一次印刷
開　本　1560mm×650mm/8
標準書號　ISBN 978-7-5554-0774-4
定　價　叁佰玖拾捌圓整（壹函壹冊）